民國文化與文學_{研究}

民國文化與文學研究文叢

十六編

李 怡 主編

第 **14** 冊

橫看成嶺側成峰
——胡風論（第四冊）

吳永平 著

國家圖書館出版品預行編目資料

橫看成嶺側成峰——胡風論（第四冊）／吳永平 著 -- 初版
-- 新北市：花木蘭文化事業有限公司，2023〔民 112〕
目 4+158 面；19×26 公分
（民國文化與文學研究文叢 十六編；第 14 冊）
ISBN 978-626-344-536-9（精裝）
1.CST：胡風 2.CST：學術思想 3.CST：文集
820.9   112010654

ISBN-978-626-344-536-9

9 786263 445369

民國文化與文學研究文叢
十六編　第十四冊　　　　　　　ISBN：978-626-344-536-9

橫看成嶺側成峰
——胡風論（第四冊）

作　　者　吳永平
主　　編　李 怡
企　　劃　四川大學中國詩歌研究院
總 編 輯　杜潔祥
副總編輯　楊嘉樂
編輯主任　許郁翎
編　　輯　張雅淋、潘玟靜 美術編輯 陳逸婷
出　　版　花木蘭文化事業有限公司
發 行 人　高小娟
聯絡地址　235 新北市中和區中安街七二號十三樓
　　　　　電話：02-2923-1455／傳真：02-2923-1452
網　　址　http://www.huamulan.tw 信箱 service@huamulans.com
印　　刷　普羅文化出版廣告事業
初　　版　2023 年 9 月
定　　價　十六編 18 冊（精裝）台幣 45,000 元

橫看成嶺側成峰
——胡風論（第四冊）

吳永平　著

目

次

胡風指導阿壠批判李廣田（未刊）

1947 年 11 月 13 日胡風在致阿壠的信中寫道：

> 關於克君，可以弄的，但切要以他的所謂進步民主的地位來衡量他的所作，這樣才不但可以避去副作用，而且可以真正解消他的姿勢的。關於李廣田的，完全違反了這個原則，所以不能見人的。

該信收入《胡風全集》第 9 卷，編者加注云：「『克君』指臧克家。後來，阿壠寫了《田園詩片論》。」

鑒於上述注文過於簡陋，不足以瞭解胡風指示的豐富內容，筆者進行了如下考索。

胡風在同年 8 月 31 日致阿壠的信中，曾建議他「看一看」朱光潛、朱自清、李廣田、穆木天、艾青等人的「詩歌做法」，「把他們的問題找出來」。阿壠續後便撰寫了批評朱光潛、李廣田等人詩論的文章，寄給胡風指正，並詢問能否接著「弄」臧克家。

胡風在這封信裏肯定了臧克家「可以弄」[註1]，卻否定了阿壠草撰的「關於李廣田」的文章。他對阿壠提出的要求是：「切要以他（們）的所謂進步民主的地位來衡量他（們）的所作」。換言之，即要求從作者「標榜」的立場來審視其作品的內容，大抵是「從血管裏出來的都是血，從噴泉裏出來的都是水」的意思。這個標準與同年 8 月 31 日致阿壠信中提出的必須注重「（生活）態度和政治內容」是一致的。所謂「（生活）態度和政治內容」，前者考察的是作家的政治立場，後者考察的是作品的政治傾向。毛澤東在《延座講話》中提出的「兩個標準」，胡風似乎只取了政治標準，而忽略了藝術標準。

〔註 1〕在此之前，胡風的朋友們已在《呼吸》《泥土》上發表過批判臧克家的文章。

　　阿壟接受了胡風的建議，重新調整了思路，改作和後作的批評文章逐漸接近了胡風的這個標準。他的這些批評文章逐漸面世後，引起了文壇的更多議論，甚至連站在同一陣線上的《泥土》雜誌同人也對其批評標準提出質疑。

　　1948 年 3 月 27 日北京大學學生朱谷懷致信胡風，代表《泥土》提出了七個問題，其中第三個便是質疑阿壟的批評標準。胡風於 3 月 31 日覆信，信中稱：

> 　　（你）說阿壟定了一個嚴格的標準，不合的都 cut 掉，我覺得不如此簡單。他是從要求出發，不是什麼標準出發的。他要求現實的人民實踐要求得到誠實的、豐富的、有思想力的表現，因而反抗不健康的、虛偽的東西。他沒有在藝術上立下什麼標準。但因為熱情太高，對文壇形勢又很生疏，有時不能從「一」項（指統一戰線的政策要求，引者注）所說的實際估計出發。……（一）他所批評的對象，沒有一個是不應該批評的，只有的時候行文太直率了。（二）這一兩年來，他是真誠地作了戰的。現在，許多市儈們都痛恨他，我們要從嚴正的立場上和心情上來看這個問題。

　　信中說的「要求」其實也就是「標準」，亦即他在上信中提出的「切要以他的所謂進步民主的地位來衡量他的所作」的政治標準，不過，他確實沒有為阿壟「在藝術上立下什麼標準」（胡風派同人多不從藝術上進行批評）；信中說阿壟「所批評的對象，沒有一個是不應該批評的」，在他看來當然如此，因為這些「對象」都是他事先給阿壟指定或事後贊同的；信中說要從「立場」和「心情」上理解阿壟的批評，這只是「（生活）態度和政治內容」的另一種說法罷了。

　　朱谷懷的質疑是帶有普遍意義的。近年來，有研究者也指出了阿壟此期詩論文章的這一特點。如，張岩泉《詩人的聚合與詩壇的分化——40 年代與九葉詩派有關的三次論辯述評》一文中指出：「阿壟是七月詩派的重要理論家，並且他把詩派已有的某些偏狹發展放大了。阿壟詩論的首要主題是將詩的探求引向人生與政治的討論。」還指出：「就七月詩派而言，批評立場和批評方法則相當單一。」

　　實際上，阿壟立論的「偏狹」及方法論的「單一」，只有從胡風此期制定的批評標準中才能找到根源。

　　1948 年 4 月 8 日胡風又給阿壟去信，寫道：

　　　朱又有一信，附上。我回信說，只應當作一個批評的討論去處
理。並未否定他整個人，如必要，他們或你自己可再寫一篇論他整
個人的。我告訴了他，從歐陽（莊）可以轉信給你。

　　該信收入《胡風全集》第 9 卷，編者採用了阿壟的原注：「『朱』即朱谷
懷。他不同意我對李廣田的批評。」

　　朱谷懷 1942 年在桂林結識胡風，曾合作創建南天出版社。抗戰勝利後赴
北京大學繼續求學，參加《泥土》編輯部，參與了胡風「整肅」文壇的活動。
1947 年他曾多次致信胡風，指出《呼吸》雜誌（方然、阿壟主編）的弱點，曾
引起胡風的注重。「朱又有一信」，指的是朱谷懷寫於 1948 年 3 月 27 日的代
表《泥土》編輯部同人向胡風提出七個問題的那封信。該信作於香港《大眾文
藝叢刊》創刊號出版（1948 年 3 月）後，反映出《泥土》同人在胡風文藝理
論及「港派」文藝理論間的動搖。朱谷懷在信中提出的第二個問題便是對阿壟
批評李廣田的質疑，他認為李廣田在「學運」中是積極的，並不滿於阿壟對其
的「批評的態度」。

　　筆者在前面所作的補注中已經指出過，阿壟對李廣田等人的批評，是胡風
在 1947 年 8 月 31 日的信中指定的〔註2〕；阿壟批評李廣田等人的角度和標
準，是胡風在同年 11 月 13 日的信中所要求的〔註3〕。簡言之，阿壟的批評角
度和力度均是胡風所建議所認可的。朱谷懷為此事向胡風討公道，也許找錯了
人。

　　1948 年 3 月 31 日胡風覆朱谷懷信，對阿壟批李廣田事作出解釋。他寫
道：

　　　批評的態度。它是為了求真，這個原則不能變更……例如對李
的批評。書出了，實際影響在，雖是五年前的，也應批評。他本人
也否定了，但他自己沒有批評，他友人也沒有批評，那麼，別人正
是執行了他自己應該執行的工作。他自己以及他的友人們應該在原
則上肯定這批評才是應該得到的結論。但在我們自己，卻應該從「一」
項（指的是統一戰線，引者注）所說的原則上來處理這個問題，上

〔註2〕　胡風在信中寫道：「朱光潛、朱自清、李廣田、穆木天的一本詩歌做法，艾青
　　　　等，要看一看，把他們的問題找出來。他們是有了影響的。」
〔註3〕　胡風在信指出批評的「原則」應是「切要以他的所謂進步民主的地位來衡量他
　　　　的所作」。

次我要你們考慮，就是這個意思。例如，他在學運中的作用，他自己的真誠程度（批評能夠推他進步呢還只不過使他羞愧，因而生副作用，等）。龔文本身也有缺點；他把李書理論的影響估計得太高了，大概也因為他喜歡用的軍事學比方累了他。如果平易地分析那理論的不好影響，也許效果更好，更容易使人接受的。

抗戰時期，李廣田是西南聯大著名的民主教授；「復員」以後，到天津南開大學任教，1947 年因積極支持學生愛國運動遭到國民黨的迫害，經朱自清邀請轉至北京清華大學任教，在此前後，他已是中共地下黨員。1948 年初，也就在胡風在信中質疑他在學運中的表現的那個時候，他正接受著地下黨的指示，以教授的身份出面，「團結知識分子，保護學校，掩護進步學生，不能讓反動派抓走一個人」〔註4〕。就如上史實而言，李廣田此時做的正是統戰工作，而胡風反而要求《泥土》中人去統戰他，似乎有點不知高低；非但如此，胡風且要求阿壟撰文論其全人，偏離「知人論世」的古訓也甚遠。

信中談到的阿壟「喜歡用的軍事學比方」為何「（牽）累了他呢？試舉《形式主義片論》（載《泥土》第五輯，1948 年 3 月 15 日出版）文中的一段來進行品評：

> 形式主義由於有了一種他們底固有的心情，也就有了一種他們底一脈相傳的手法；在政治，在詩，莫不如此。例如降將軍們解除了武裝參加了人民軍隊，在軍事會議中，就要起來劇烈的爭執，他們看重他們底軍事藝術不是別的，無論意識地或者下意識地，他們鄙視革命戰術歸根到底還是鄙視革命本身的。甚至，他們企圖通過一串動聽的議論和四平八穩的參謀作業取消革命進軍，通過一套無懈可擊似的白紙戰術的方式在軍事行動之前攫取革命領導權，通過一種形式，推翻那個本質！

> 然而，還有另一種人，在本質上，他們有著為了真理的赤忱，有著要進步的憧憬，鼓蕩社會的生機，服從大眾底福利，但是，由於他們原來是從舊世界中出身的，成長的，主觀上雖然突破了這箇舊世界，客觀上仍舊感染著那種成見和癖好，而且還感染得極深，感染得幾乎血脈貫通，感染得成為無條件反射，於是，不知不覺布

〔註4〕轉引自李岫《一個堅韌的跋涉者》，李廣田《引力》寧夏人民出版社 1983 年第227 頁。

置了一種障礙物，造成了一種弱點，似乎有用，實則違反戰鬥利益，不但並非加強了陣地，而且只有妨礙了突擊，阻撓了運動，甚至招致了損失，完成了失敗。在軍事上，這是屢見不鮮的……由於他們底沉醉於那種形式主義，感染了那種軍事藝術為了去打擊敵人卻只有幫助了敵人，為了來擁戴革命正好反對了革命，他們自己已經被舊東西所征服，通過他們，反動的勢力還可以征服新興的東西，這是主觀意志和客觀作用之間的頗為重大的矛盾，這是進步的戰鬥立場和落後的意識形態之間的極其複雜的交涉，這也是時代和人底悲劇，形式主義底藝術論底可憂和可怕之處之一。

我們深知李廣田底為人。但是，對照了他底《詩的藝術》，我們底理解卻多少如此；而且我們警覺也必須如此。這是一件真正可悲的事！

阿壟撰寫這篇文章的年月，堪稱天翻地覆的大時代。國統區中的知識分子都嚮往著「人民的世紀」，其著作和言行上都有新的表現，李廣田、臧克家等更是如此。阿壟在這篇文章中儼然自居為革命法官，視李廣田諸人為「降將軍」，指斥他們過去是有意識地反對革命，現在是無意識地「鄙視革命」，並聲稱如果相信了他們，最後必然導致革命失敗，軍事是如此，詩學上也是如此。

《詩的藝術》是李廣田的近作，1944 年 12 月由開明書店出版。該著系統地探討了新詩的章法、句法、格式、韻法、用字、意象等要素，其分析方法受到新批評語義學的影響，有側重於「技巧」的角度闡釋詩藝的傾向；作者借鑑了西方現代詩論家的觀點，認為詩歌傳達的不只是情緒，也不只是思想，而是源自「種種生活經驗」昇華後重建的「完整的（藝術）世界」；作者並提出：「文學終是文學，詩終是詩，不是宣傳。」李廣田的這些詩論，在詩壇上有較大影響。

也正是因為李廣田這部詩論有較大影響，阿壟在《形式主義片論》中特別憤慨地指出：

李廣田底所以如此，所以動聽，那是我們底革命進軍還沒有強到能夠完全殲滅舊的社會勢力；而他，在我們正遭遇了文化逆轉的艱苦的戰況的目前，又是正好面向著這個世界剩餘下來的落後群眾的；以及，在我們底戰鬥生活之中，也不免含著從前一時代遺傳而來的一種毒血底沉澱。此外，第一，就由於他底那種心情和論點底

矛盾。奇特地，這種本來已經暴露出來的矛盾，在某一意味，卻又正好掩飾下去這一矛盾了；這是說，李廣田盛倡技巧和「處理」，看起來卻正為了讚美內容、「提高內容」似的了，本來矛盾的，成為公正的或者客觀的似的了。第二，文學青年是苦悶的，在黑暗勢力底籠罩之中不免經歷了疲乏和動搖，由於年青，又在走頭無路之處要求突破或者有所幻夢，那麼，李廣田底似乎承認內容的而又顯著美色的東西應該是可以暫時或者永久使他們獲得一種慰貼撫慰的吧。第三，因為李廣田是進步和博學的，一下給我們以美學的糖果，一下又饗你以哲學的煙霧，無邪的赤子們，感激之外，也就要感到他自己是怎樣處於一種微末的地位了的。

　　阿壟在這段文字中難得地沒有採用「喜歡用的軍事學比方」，雖然霸氣十足，但仍缺乏說服力。為什麼呢？無他，「奉命作文」常見的弊端而已。李廣田在這年月還盛倡「技巧」、「美學」和「哲學」，而胡風在此階段只提倡「生活態度和政治內容」，阿壟當然只能唯後者是從了。

2009/10/28 改定

誰說「胡風不告密」？^{〔註1〕}

　　某博客在一篇題為《胡風不告密》文章中對「告密」作過分析，他寫道：「『告密』其實可以分為兩類，一類是『無知的告密』，告密者往往被體制洗了腦，他們認為自己的所作所為，出自某個崇高的目的，是為了捍衛一個偉大的目標。既然目的是一切，那麼什麼手段就不重要了；另一類是『無恥的告密』，告密者出於卑劣的動機，向體制獻媚取寵，於是誇大事實，甚至無中生有，造謠加誣陷，殘害無辜。」

　　如上分析似乎很得當，卻沒有界定「告密」的特徵：「告密」亦稱「密告」，指人們通過隱秘的方式（書面或口頭）向權威部門傳遞某種不欲為公眾所知的信息。建國初期人們通常把這種行為稱為「打小報告」，描摹得相當準確。

　　上世紀五十年代初舒蕪與胡風的爭執至今仍為人津津樂道，但誰曾「告密」，誰未「告密」，迄今意見紛紜。

　　據筆者所知，舒蕪沒有「告密」的行為。他脫離「胡風派」後所寫的兩篇文章（《從頭學習〈在延安文藝座談會上的講話〉》和《給路翎的公開信》），或許每一個字都說錯了，但卻是投寄給媒體的，面對的是公眾，稱不上「告密」。另一篇對於「胡風案」定性曾產生重大影響的文章（《關於胡風反黨集團的一些材料》），則是在中宣部文藝處副處長林默涵的授意下被迫寫的，所傳達的是上面的意旨，當然也稱不上「告密」。

　　反觀胡風和路翎等當年的行為，則近於「告密」。

　　1952年9月初，路翎曾向中宣部文藝處遞交過一份「小報告」，題為《和舒蕪關係的報告》。該報告醞釀於當年6月初，寫成於9月初，目的是揭露舒

〔註1〕載2009年11月8日《南方都市報》。

蕪的「政治歷史問題」，以阻止《給路翎的公開信》在《文藝報》公開發表。

該「密告」的蘊釀及寫成經過非常曲折——

1952 年 5 月 25 日舒蕪的《從頭學習〈在延安文藝座談會上的講話〉》在《長江日報》發表，6 月 8 日該文被《人民日報》轉載，「編者按」中提到：「作者在這裡所提到的他的論文《論主觀》，於 1945 年發表在重慶的一個文藝刊物《希望》上。這個刊物是以胡風為首的一個文藝上的小集團辦的。」

儘管當年「胡風派」廣為人知，但被中央報刊點名稱為「小集團」還是第一次。胡風非常緊張，於 6 月 9 日和 13 日兩次致信路翎，囑咐他寫個「小報告」以撇清「胡風派」與舒蕪及《論主觀》的關係，並提示可從八個方面著筆：

第一、我們長期以來對舒蕪的書生氣和「虛無」氣頗為不滿，稱其為「五四遺老」。

第二、我們長期以來對舒蕪學究式地談論馬列主義甚為反感，時有爭論。

第三、我們當年並不同意舒蕪《論主觀》的觀點，發表它是為了引起討論。

第四、我們曾勸舒蕪不要弄文藝批評，認為他不懂現實鬥爭，也不懂文藝。

第五、1947 年舒蕪在故鄉不參軍而跑出來當教授，我們曾給予過不客氣的批評。

第六、解放後我們勸他安心地在南寧工作，他卻老想出來，向上爬。

第七、1950 年舒蕪曾來北京開會，談到老幹部時滿口冷嘲，大家都厭惡他。

第八、我們不知道什麼「小集團」。向來個人投稿，不用者甚多。從未開過會。

路翎是舒蕪的老朋友，1943 年初他因打架丟了飯碗，承舒蕪介紹到中央政治學校圖書館當管理員，兩人共事一年半，在同一口鍋裏吃飯，在同一盞燈下寫作，他的《財主的兒女們》和舒蕪的《論主觀》都創作於此時，彼此相知甚深。由於有這層關係，路翎對於「揭露」舒蕪事有點猶豫，他於 6 月 15 日覆信道：「暫不揭他吧，也沒有時間。今天翻了一翻重慶那時他給我的一些信和舊詩，就覺得事情當然會如此，並也能想到他現在在怎麼想。」路翎既如此

說，胡風也沒有辦法。

6 月底，胡風從消息靈通人士那裡獲知舒蕪的《給路翎的公開信》已寄到《人民日報》，便又於 6 月 30 日和 7 月 3 日兩次致信路翎，信中閃爍其辭地寫道：「無恥（指舒蕪）已寄一篇二萬字的致某青年小說家的公開信到《人民日報》。當會在那個報上發表的罷。以廣見聞，不知道能打聽其中的大意否？某小說家當準備作答罷。」路翎於 7 月 6 日覆信，寫道：「XX 文（指舒蕪文），昨日曾問放兄（指徐放，《人民日報》工作人員）言兄（指閭有泰，中國作協工作人員），均不知道。看能瞭解一下否。我想主要的當是攻擊《兒女們》及誣告。」路翎未見「公開信」原文，不知如何「作答」，這也是無可奈何的事。

9 月 6 日中宣部文藝處主持的「胡風文藝思想討論會」召開第一次會議，會前給參會人員發放了一批「打印稿」，胡風的《對我的錯誤態度的檢查》和舒蕪的《給路翎的公開信》也在其中。路翎也是參會人員，得以窺得「公開信」的全貌。這次，他沒有再猶豫，按照胡風提示的要點，參看舒蕪給他的「信和舊詩」，一氣呵成「小報告」，並直接送交林默涵，期望能收釜底抽薪之效。

然而，出乎胡風和路翎的意料，林默涵並不重視這份「小報告」，也不在意他們對舒蕪的「揭發」，《給路翎的公開信》仍於 9 月 25 日在《文藝報》第18 期發表。

路翎的「密告」沒有奏效，胡風只得親自出馬了。

首先是口頭「密告」，目的是給林默涵施壓——

9 月 25 日，就在《給路翎的公開信》面世的當天，胡風與林默涵中山公園長談了一個下午。他質問林：「為什麼看了路翎的報告以後還是發表了舒蕪的這公開信？」林答曰：「廣西沒有送來材料。大概舒蕪沒有政治問題，否則不會給他當中學校長。」情急之下，胡風「鼓起最大的勇氣」向林揭露舒蕪的又一個重大「政治歷史問題」，他說路翎曾透露「（舒蕪抗戰時期）在四川參加過黨，因被捕問題被清除出黨以後表現了強烈的反黨態度」，並說：「我在日本的時候，日本黨內常常發現『破壞者』，有的時候甚至打進了中央領導部；當時我不大理解敵人為什麼有這麼巧妙，黨內的同志們為什麼這樣沒有警惕性。現在看了舒蕪的做法，我在實感上才似乎懂得了破壞者是什麼一回事，是通過什麼空隙打進黨的。」（以上引文出自胡風萬言書）林沉吟了片刻，說：「舒蕪的問題，是要他回去交代呢，還是在這裡交代？」胡風答曰：「我想組織上是會照原則辦的。」（以上引文出自胡風家書）

接著是書面「密告」，目的是阻止舒蕪出席「胡風文藝思想討論會」——
與林默涵長談後的第二天，胡風開始續寫關於舒蕪的書面材料，題為《關於舒蕪和〈論主觀〉的報告》。該材料曾三易其稿，第一稿起筆於7月6日，12日完成；第二稿起筆於9月27日，29日改訖。第三稿9月30日起筆，10月3日改定。10月6日，胡風把這份材料寄送中宣部文藝處。

這份「密告」之所以寫了這麼長時間，可能有三個原因：一是胡風始終難以下定「密告」的決心，此事畢竟不光彩；二是「密告」的材料主要摘自舒蕪的來信，篩選頗費時日；三是舒蕪文章的措辭一篇比一篇厲害，胡風的揭露也相應地要增加份量。胡風撰寫第一稿時尚在上海，已經查閱了一遍舒蕪給他的私人書信。撰寫第二稿前，他又讓梅志把舒蕪的全部信件（一百四十餘封）掛號寄到北京。在這裡要強調指出的是，舒蕪在文章中摘引胡風書信事發生在1955年，而胡風在「小報告」中摘引舒蕪書信卻發生在1952年，足足早了三年。

根據胡風回憶，該報告主要涉及如下幾方面的內容：

第一、敘述與舒蕪結識、交往的過程，認為舒蕪接近他是別有用心的；

第二、證明《論主觀》這篇實質上是宣傳唯心論和個人主義的文章是舒蕪獨立完成的，並未受過他人的啟示。並承認當時沒有看穿舒蕪的本質，願意承擔發表的責任；

第三、解放前經常批評舒蕪，證實與舒蕪的思想並沒有共同點；

第四、解放初曾寫信勸舒蕪好好向老幹部學習，但舒蕪置若罔聞；

第五、現在才明白，舒蕪的一些表現並不簡單是一個封建家庭子弟的缺點和自私的欲望而已，他是反動階級派進革命隊伍的破壞者。

如果胡風的「密告」奏效，舒蕪將不僅不能出席「胡風文藝思想討論會」，很可能還會吃牢飯。

遺憾的是，這些「密告」仍未被當權者所採信。11月26日，中宣部文藝處主持的「胡風文藝思想討論會」舉行第二次會議，從南寧趕來的舒蕪赫然在座，並作了《向錯誤告別》的重點發言。

翻撿這段被煙塵遮蔽的史實，人們或可對上一代文化人的尷尬處境有所

瞭解：在「思想改造」的時代壓力下，獨善其身難於上青天，無論是出於「崇高的目的」或出於「卑劣的動機」，心志稍許不堅，都有可能做出一些有悖於知識分子良知的事情。當然，後人應以同情的理解來審視前人，過多地追究個人責任是沒有意義的。

誰說「胡風不告密」？

2010 年

1948 年，胡風拒納舒蕪諍言 [註1]

　　1948 年是「胡風派」兩面作戰的緊要關頭。按照胡風的部署，他們一方面繼續「整肅」所謂缺乏「主觀戰鬥精神」的作家，另一方面積極應對香港《大眾文藝叢刊》的「清算」。然而，就在這個時候，舒蕪卻向胡風進言，認為「整肅」運動出現了嚴重的偏差，打擊面過寬，批評態度欠妥，建議由胡風牽頭對「自己朋友們的東西」進行「檢討」。該諍言不僅未被胡風采納，反而引起了他對舒蕪的猜忌，從此兩人貌合神離。

　　舒蕪的諍言見於當年寫給胡風的兩封信——

　　第一封信寫於 1 月 17 日。信中說：「《泥土》來信，說五輯還要出，我回了一封信，大意是勿以文壇為對象，勿去對罵，只為了警惕老實人，有時不免要指出壇上的污穢，但切不可去『鬥個三百回合』云。」

　　信中提到的《泥土》原是北京師範學院幾個學生自費創辦的刊物，從第 4 輯（1947 年 9 月 17 日出版）起與北京大學文藝社合作出版，並由北大學生、「胡風派」同人朱谷懷擔任主編，其稿件則大多為胡風所推薦。該刊第 4 輯發表了幾篇引起文壇「地震」的文章，如初犢的《文藝騙子沈從文和他的集團》、阿壟的《從「飛碟」說到姚雪垠底歇斯底里》、杜古仇的《墮落的戲，墮落的人》、吉父的《馬凡陀的山歌》等。初犢在其文中咒罵「沈從文袁可嘉李瑛們」是在「大糞坑裏做哼哼唧唧的蚊子和蒼蠅」；阿壟在其文中咒罵姚雪垠是「一條毒蛇，一隻騷狐，加一隻癩皮狗」；杜古仇在其文中指責陳白塵的《陞官圖》是「藉『暴露醜惡』的掩蓋下的白日宣淫」；吉父在其文中指斥袁水拍的《馬

〔註 1〕載《博覽群書》2010 年第 2 期。

凡陀山歌》為「虛偽的製作」。舒蕪將上述文字概括為「罵」，是非常準確的。

第二封信寫於 4 月 27 日。信中說：「《泥土》之類，氣是旺盛的，可是不知怎樣，總有令人覺得是壇上相爭之處。我以為，梅兄近來的論文，如特別置重於李廣田等，並且常有過分的憤憤，也不大好。或者是我不大熟悉這方面的事吧，總覺得今天重要的問題，並不在那裡似的。昨天偶然看到《橫眉小輯》（不知這是些什麼人辦的），曾想到，具體的批評是好的，可是還要展開，加深，提高，總之，還要有更強更豐富的思想性才好；那然後才不會被認為壇上相爭。又，對於自己朋友們的東西，似乎今後最好也要展開檢討（這希望你能做一做）；這也許更有積極意義的。這些意見，拉雜得很，看來信，有要『檢查過去』的話，就也拉雜寫出，不知你以為如何？」

信中提到的「梅兄近來的論文」，指的是阿壟（陳守梅）發表於《泥土》第 5 輯（1948 年 3 月 15 日出版）的《形式主義片論》；信中提到的《橫眉小輯》（1948 年 2 月 25 日出版）是王元化的朋友滿濤、肖岱、樊康合辦的，該輯以王元化（「方典」）的文章標題《論香粉鋪之類》為輯名。阿壟在其文中痛斥「李廣田們」為「解除了武裝參加了人民軍隊」的「降將軍」，指責他們所提倡的詩歌理論「（貌似）為了去打擊敵人卻只有幫助了敵人，（貌似）為了來擁戴革命正好反對了革命」；王元化在其文中痛斥錢鍾書「忽略了一切生存競爭的社會階級鬥爭」，認定在小說《圍城》中「看不到人生，看到的只是像萬牲園裏野獸般的那種盲目騷動著的低級的欲望」。舒蕪批評上述文字「過分」，也是十分貼切的。

如果把舒蕪的諍言放在當時的歷史文化環境中進行考察，更可見出其針對性和必要性。

自 1945 年胡風發起「整肅」運動以來，其同人刊物（《希望》、《呼吸》、《荒雞文叢》、《荒雞小集》、《泥土》等）無不以批判進步作家作品為能事，其文風大抵蠻橫、粗鄙，已引起進步作家的極大反感。1947 年 5 月曾任中華文協研究部副部長的姚雪垠在《論胡風的宗派主義》一文中尖銳地指出：「兩年來，文壇上稍有成就的作家如沙汀，艾蕪，臧克家，ＳＹ（劉盛亞）等，沒有不被胡風加以詆毀，全不顧現實條件，全不顧政治影響。青年本是熱情的，經胡風先生一鼓勵，一影響，就常常拋開原則，不顧事實，任意誣衊，以攻擊成名作家為快意。一般純潔的讀者見胡風派火氣很大，口吻很左，就誤認胡風派是左派的代表，於是風行草偃，一唱百和，形成了很壞的風氣。」同年 10 月

10 日時任中華文協總務部主任的葉聖陶在日記中寫道：「上午，（臧）克家來，談文壇情況，於胡風頗不滿，謂其為取消主義宗派主義之尤，於他人皆不滿，惟其一小群為了不得。余於此等事向不甚措意，然胡風之態度驕蹇，亦略有不滿也。」

胡風也覺察到「整肅」所引起的文壇反彈，同年 9 月 9 日他在給阿壠的信中稱：「現在是，無論在哪裏，無論是什麼東西，只要參有我們朋友的名字在內，人家就決不當作隨喜的頑皮看，事實上也確實不是頑皮的意義而已。什麼派，今天，一方面成了一些人極大的威脅，另一方面，成了許多好感者的注意中心。兩方面都是神經尖銳的，我們非嚴肅地尊重戰略的要求不可，否則，現在蒙著什麼派的那個大的要求就不能取勝的。」

應該說，舒蕪的諍言完全是出於維護本流派的善意，如果能被胡風采納，對於挽救其流派形象不無積極作用。

然而，胡風在覆信中根本不理睬舒蕪「這希望你能做一做」的規勸，而是顧左右而言它。

為何會這樣呢？

也許，在胡風看來，舒蕪的諍言是對他發起的「整肅」運動的有意對抗。1947 年 1 月他在《逆流的日子‧序》中發布了「戰略的要求」（「大的要求」），號召：「（為了使文藝成為能夠有武器性能的武器），這就急迫地要求著戰鬥，急迫地要求著首先『整肅』自己的隊伍。」從某種意義上看，路翎對碧野、沙汀的批判，方然對臧克家、劉盛亞、趙清閣、陳敬容、吳祖光的批判，阿壠對李廣田、朱光潛、蔣天佐、姚雪垠、袁水拍的批判，都是槍口對內的應命之作。尤其是阿壠的系列批判文章，幾乎全是胡風的命題作文，其基調——「切要以他（們）的所謂進步民主的地位來衡量他（們）的所作，這樣才不但可以避去副作用，而且可以真正解消他（們）的姿勢的。」——也是胡風在信（1947 年 11 月 13 日給阿壠信）中確定的。

也許，在胡風看來，舒蕪的諍言是對其前信（4 月 15 日）「檢查一下過去」指示的有意曲解。胡風在信中是這樣寫的：「才子們的刊物，嗣興兒（指路翎）說託然兒（指方然）要港方倪君（指倪子明）寄你一冊，如寄到，也可以看一看那後面的東西。把問題那樣胡『整』，真是出乎『意表之外』，許多讀者都給弄得昏頭昏腦。從這裡，可以感到的，工作是太迫切了。這一年多，我們也太沒有做什麼。檢查一下過去，認真地開始，是必要的。」信中提到的「才子們

的刊物」指的是邵荃麟等人在香港創辦的《大眾文藝叢刊》，該刊創刊號發表了「本刊同人，荃麟執筆」的《對於當前文藝活動的意見》，對胡風文藝思想提出了質疑。信中所謂「檢查一下過去」，其用意在於號召同人振奮精神，準備對「港派」進行反擊，並沒有讓同人糾正文風的意味。

舒蕪為什麼敢於對抗乃至曲解胡風的要求及指示呢？

首先，在於他在「胡風派」中所居的獨特地位。綠原曾稱舒蕪是「胡風派的主要代表之一，具有舉足輕重的潛力」（《我與胡風》）。所謂「舉足輕重」有兩層含義：一是指舒蕪的哲學理論曾一度成為「胡風派」不可或缺的理論支柱，二是指舒蕪是「胡風派」中少有的敢對胡風說「不」的角色。舒蕪與胡風自 1943年結識後，就隱隱以諍友自況，屢次拂逆胡風。譬如，1945 年 6 月 11 日他曾致信胡風勸其不要沉醉於「孤獨的個人的生活」，後者在覆信（6 月 26 日）中無奈地寫道：「我不知道怎樣回答你才好。回想起過去你偶而露出的和我的想法相反的事情時，更不知道怎樣回答才好。」他雖覺察到胡風的冷淡，卻不以為意，1947 年 2 月 12 日又在信中稱：「我的親切的朋友和引路人，請許我問一句：是不是你已經覺得我正逐漸遠去，因而無話可說，無信可寫了呢？因為，我有幾個朋友，我就因為對他們有這種感覺，以致現在完全斷絕了音訊。」這次，他竟然指使胡風「這希望你能做一做」，更讓後者覺得無以措辭。

其次，在於他的美學趣味及社會交往與胡風有異。舒蕪出生於書香門第，幼秉家學，稍長為新文化運動所吸引，舉凡「陳獨秀、胡適的理論，魯迅、周作人、茅盾、徐志摩、梁實秋、郭沫若、田漢、宗白華、葉聖陶、朱光潛、冰心、陳衡哲……的作譯」皆其所好，其審美情趣不囿於一派之見。他自 1942年起便在各大學任教，由助教而副教授而教授，交往者多是「李廣田」似的學者，唱酬者多為「錢鍾書」似的鴻儒，他對他們的喜好、情感及脾性洞若觀火，對他們的苦悶、掙扎及追求感同身受。因而，他無法認同王元化等對錢鍾書現實主義小說的排斥，也無法接受阿壠等對「李廣田們」的偏見。

胡風拒納舒蕪諍言的後果不久便顯現出來。

1948 年 5 月以後，胡風為回應香港《大眾文藝叢刊》的挑戰，組織本流派中人撰寫了好幾篇反批評文章，其中最有影響的是路翎的《論文藝創作底幾個基本問題》和他自己的《論現實主義的路》。路翎其文放言「知識分子的革命性」，卻把徐志摩、張恨水、梅蘭芳、姚雪垠、吳祖光「之類」或「之流」全部排除在外，強烈的宗派主義情緒淹沒了其論述的合理因素。胡風在其文中

暢談「主觀戰鬥要求」，卻鄙夷地稱其論敵（邵荃麟、喬冠華、林默涵、胡繩等）的觀點為「富家子從保險箱裏取出鈔票去跳舞」、「把白米飯倒掉餵狗」、「剝削階級的一粒精蟲」，病態的激憤降低了其理論的可接受程度。這兩篇文章後來成了主流派叩問不休的「公案」。

舒蕪在這場戰役中表現消極。他雖然也撰寫了反擊「港派」的文章《論生活二元論》，但「熱力」不夠，「氣魄」不大，始終未得胡風認可，多次退回令其修改。從 8 月到 11 月，舒蕪數易其稿，胡風仍不滿意，去信批評他沒有「顧到讀者底理解力和熱情趨向」（9 月 27 日），「通體的氣氛不夠得很」（10 月 26日信），斥責他「這心情是不能作戰的」（11 月 4 日信），後來索性通知他「大家心情都大變，《二元論》，也許用不著發表了」（11 月 17 日）。

胡風對舒蕪的表現甚感失望，於 11 月 4 日致信冀汸，寫道：「平刊看到否？方兄幾則短文，實在不好。他這心情，如不能從底改變，那一種病弱的氣味是很難脫掉的罷。但要改變，恐怕非把他拖到泥塘裏打些滾不可。以他的邏輯力量，真正是可惜的事情。」信中的「平刊」指的是《泥土》第 7 期，「方兄幾則短文」指的是舒蕪（方管）在該期發表的《論「飄飄然」》、《再論求友與尋仇》、《白眼書》和《論謙卑》等文章。令胡風惱怒的是，舒蕪在這幾篇文章中大談魯迅精神、大談人生戰鬥，就是不涉及當下「胡風派」與「港派」的論爭。胡風看出了舒蕪是在有意避戰，試圖把他「拖」下水去，可惜沒有奏效。

古人云：「大夫有諍臣三人，雖無道，不失其家。士有諍友，則身不離於令名。」

胡風拒納舒蕪諍言，不僅導致其流派失去了一員大將，不僅導致其「令名」受損，更埋下解放初「胡風派」遭受主流派「清算」的部分前因。

1952 年 5 月，舒蕪發表《從頭學習〈在延安文藝座談會上的講話〉》，再次向胡風進言，勸其皈依主流。胡風在給路翎的信（6 月 9 日）中回顧當年與舒蕪的矛盾，歎息道：「（1946 年在重慶與舒蕪）分手後，偶有往來，心情日遠。」所言大抵屬實。

新發現胡風重要佚文兩篇〔註1〕

　　年前，商金林教授在《胡風全集中的空缺及修改》（載《新文學史料》2009年第4期）一文中展示了胡風早年（1927年10月至1928年10月）的二十餘篇「佚文」，並擇要點評了其內容要點與思想傾向，字字入骨，令人驚歎。

　　胡風早年「佚文」還有沒有？其內容與傾向性如何？這也許是所有讀者都關心的問題。

　　據筆者所知，1927年武漢坊間各類刊物不下百家，如果能像商教授那樣沉下心來認真檢索，當會有更多的發現。

　　月前，筆者去某圖書館查閱舊刊，順便翻檢了影印本《中央副刊》（共兩卷），就發現了胡風的兩篇佚文。

　　據人民文學出版社1985年「影印說明」介紹：「《中央副刊》是武漢《中央日報》的副刊，創刊於一九二七年三月二十二日，同年九月一日停刊，共出一百五十九期。由孫伏園先生主編。」說來也巧，該刊創刊時間正好是胡風辭去國民黨蘄春縣黨部常委兼秘書長職務去武漢省立第二女子中學執教之時，該刊終刊時間正好是胡風接受國民黨湖北省黨部宣傳部長鄧初民邀請出任《武漢評論》編輯之時。換言之，研讀胡風在該刊上發表的作品，可略窺他退出一個陣營後及進入另一陣營前的思想傾向之一斑。

　　筆者在該刊上查到署名「光人」的三篇詩文：

　　　　散文《五卅紀念中憶蕭楚女》，5月25日作，載第66號（5月29日出版）；

〔註1〕載《粵海風》2010年第3期。

詩歌《獻給大哥》，7 月 25 日作，載第 137 號（8 月 10 日）；

小說《復活了》，8 月 8 日作，載 158 號（8 月 31 日）。

胡風原名張名楨，乳名谷兒，學名張光人。早年作品皆署「張光人」或「光人」，似無例外。以上三篇署名「光人」的作品，毫無疑問都為胡風所作；況且，詩歌《獻給大哥》已被收入《胡風全集》第 1 卷。由此可以確認，《五卅紀念中憶蕭楚女》和《復活了》都是胡風的「佚文」。

梅志在《胡風傳》中曾談到胡風在《中央副刊》上發表過「三篇小說」，想必是記憶有誤。如果說發表過「三篇文章」，那就沒有任何疑問了。

這兩篇佚文所以重要，在於它們為探討胡風在那個動盪年代的生活經歷與政治傾向提供了不可替代的第一手資料。

第一篇佚文《五卅紀念中憶蕭楚女》記述了革命先驅蕭楚女 1925 年 6 月奉命來到南京領導學生運動的諸多未為人知的細節，既折射出作者當年就讀南京東南大學附中時投身「五卅」革命潮流時的表現及心態，也反映出作者在「四·一二」反革命政變後的政治態度。當時的武漢是「寧漢分流」時期「左」的中心，輿論導向可用「倒蔣容共」四個字概括。胡風敢於發表文章悼念死於廣州「四·一五」大屠殺的中共黨員蕭楚女，並放言「殺死了蕭楚女卻殺不死產生蕭楚女的環境，更殺不完產生蕭楚女的環境所產生的或將要產生的千萬個蕭楚女」，足以證明此際他的政治立場與 1925 年相比尚未發生重大改變。

第二篇佚文《復活了》取材於作者執教省立第二女子中學（S 女校）時的日常生活，致力於描摹該校師生員工空虛蒼白的精神世界。小說以教員胡先生與「婦女運動講習所」學員顧敏貞之間洋相百出、糾纏不清的「戀愛關係」為主線，以一群樂觀其敗「傢伙（們）」的插科打諢為烘托，旁涉女校中拿錢不管事的「神聖」（校工）及動輒「拿繩子來綑人」的工會。構思精巧，描寫細膩，語言傳神。然而，從這篇小說中卻完全感覺不到「寧漢合流」前夜的政治低氣壓，完全看不出作者在時代變局中的心理波動。如果說，該小說正反映著作者當時「徹底地戰敗了」的灰暗情緒，大概不算說錯。

《復活了》見報的同時，胡風離開女中，赴省黨部就任帶有「反共色彩」的《武漢評論》的編輯。梅志在《胡風傳》中認定這是胡風「陷入泥沼」的開始，商金林教授在其文中未表示異議。但胡風卻有自己的說法，1934 年 5 月他在《理想主義者時代底回憶》中曾談到當年的苦衷，說：

起初還不過是在連吃飯的工夫都沒有的忙碌中間有時抽出日記

本子或波特萊爾來「潤澤」一下自己，等到被沖得筋疲力盡了以後，
就覺得幾幾乎沒有藏身之所了。為了保持一些東西逃避一些東西，
雖然不得不在各處流轉，但從前的追求或執著不能抬起頭來，消沉
到有時會寫出了這樣的東西……

筆者尊重胡風的自我剖析，相信讀者諸君也能從《五卅紀念中憶蕭楚女》
這篇珍貴的佚文中透徹地理解他「從前的追求或執著」，而淡忘《復活了》這
篇小說中所無意間流露出的「消沉」情緒。

附錄：五卅紀念中憶蕭楚女（略）

胡風「獨立」意識的覺醒〔註1〕

提要：

1937 年「八‧一三」淞滬會戰前後，胡風與馮雪峰的關係瀕於破裂。胡風認為馮有意阻止他參加有組織的救亡工作，於是萌生「獨立地做一點事情」的強烈願望。胡風隨即計劃返漢與友人合辦刊物及仿傚《吶喊》週刊而創辦《七月》週刊，都可視為他脫離馮雪峰領導後的獨立的文化實踐。從某種意義上說，此期胡風「獨立」意識的覺醒，是導致其後與政黨文化領導持續衝突的前聲。以上史實，可從近年出版的《胡風家書》中窺得一二。

主題詞：《胡風家書》、胡風、馮雪峰、獨立意識

1937 年「八‧一三」淞滬會戰前後，胡風與馮雪峰的關係瀕於破裂。胡風認為馮有意阻止他參加有組織的救亡工作，於是萌生了「獨立地做一點事情」的強烈願望。9 月初胡風即打算離滬返漢與友人熊子民合辦刊物；啟程前，臨時起意仿傚茅盾主編的《吶喊》週刊而創辦《七月》週刊。可以說，胡風「獨立」意識的覺醒，發軔於與馮雪峰關係的惡化。

胡、馮矛盾起始於「兩個口號論爭」期間，「七七事變」後衝突加劇，「八‧一三」前後趨於激化。其爭點有些是原則性的，有些是非原則性的，但總的來說並未超出被領導者與領導者關係的範疇。換言之，胡風此時有擺脫馮雪峰個人領導的意願，但並沒有脫離政黨組織領導或思想領導的要求。然而，由於「獨立」意識的覺醒，導致胡風在其後與政黨的合作過程中不時要求體現其主體地位，遂與後者之間演化出綿綿不斷的衝突。

〔註1〕載《鹽城師範學院學報》2010 年 3 期，原題有副標題「《胡風家書》疏證數則」。

本文摘引了《胡風家書》（復旦大學出版社 2007 年版）第二集中的幾封書信，未改動原書所輯書信的編次，保留原書編輯所作的省略和刪節符號，鋪陳史料，以供辨析，略加點評，未敢穿鑿，是為疏證。

11─1937 年 8 月 24 日／28 日自上海

又寫了兩首詩，連上次一首，有二百七八十行。寫著的時候，我全身像發著熱病一樣，眼裏漲著熱淚。親愛的，為了祖國底自由，我要盡情地歌唱！三花臉先生①愈逼愈緊，想封鎖得我沒有發表文章的地方，但他卻不能做到。我已開始向他反攻了。好 M・M，你不用擔心，我雖不求勝利，但不稍稍剝去他底假面就總不甘心的。

《文學》、《文季》、《中流》、《譯文》等四社合編一個《吶喊》週刊，我也投稿。已出兩期，過兩天一併寄來。三花臉先生曾到黎（指黎烈文）處破壞過，但似乎效果很少。很明顯，他是在趁火殺人打劫的。

① 三花臉先生，指馮雪峰。

補注：信中提到新作的三首詩，寫作時間及所載刊物如次：《為祖國而歌》作於 8 月 24 日，載《中華公論》第 2 期；《血誓》作於 8 月 25 日，載《七月》週刊第 1 期；《給怯懦者們》作於 8 月 27 日，載《七月》週刊第 2 期。

「三花臉先生愈逼愈緊……」一句中概略地談到此期他與馮雪峰衝突的激化。胡、馮矛盾愈演愈烈的大致過程是：胡於「七七事變」後攜眷返鄉探親，行前馮曾找他談話，批評他「地位太高了」（參看 1937 年 7 月 29 日家書）；胡把妻兒留在湖北老家隻身返回上海，「有些人一口咬定」是送她們回鄉「避難」（參看 1937 年 8 月 6 日家書）；胡協助鹿地亙完成了魯迅雜文作品的翻譯，馮批評他「藉此」名利雙收（參看 1937 年 8 月 6 日家書），等等。「我已開始向他反攻了」及「剝去他底假面」云云，與他作於 8 月 18 日的一篇雜感內容有關，且待下述。

「《文學》……」一段中明確地談到馮雪峰曾去黎烈文處說項，以阻止他的文章見於《吶喊》週刊。此事有待考證。

按：據茅盾回憶，馮雪峰與《吶喊》週刊有一定的關係，但並沒有過問《吶喊》週刊的用稿。8 月 14 日下午他和馮雪峰與巴金商討「馬上辦起一個適應戰時需要，能迅速傳布出作家們吶喊聲的小型刊物」事宜時，是馮提出「何不

就用《文學》《中流》《文叢》《譯文》這四個刊物同人的名義辦起來」。8 月 16
日上午茅盾和巴金「約了四位主編開了第一次會議」商量組稿事宜，決定與會
六人各寫一篇，胡風和蕭幹的稿子是巴金約的。〔註2〕

　　又，胡風在《吶喊》創刊號上發表的文章是一篇雜感，題為《「做正經事
的機會」，文中有云：「不要愛惜在奴隸境遇下的生命，也不要貪戀瓦上霜一
樣的個人的『事業』，更不要記住什麼狗屁『地位』，把一切後事交給幼小的我
們的子弟，抓住這個千載一時的難得有的機會罷！」文中關於「個人『事業』」
及「狗屁『地位』」之類的憤激之語，似針對馮雪峰前此對他的批評而發，可
視為他的「反攻」。

　　胡風對馮雪峰此期的態度一直耿耿於懷，在回憶錄中寫道：「八・一三上
海抗戰爆發，當時我希望他（指馮雪峰）能領導我們組織起來做些抗日救國的
工作，但是沒有，連和他見面都不容易。」〔註3〕梅志在回憶文章中也寫道：
「這時，他多麼想找雪峰問問，到底我們這些人該怎麼幹，怎麼參加戰爭？但
見不到他。」〔註4〕

　　按：胡風、梅志的上述回憶當屬誤記，胡風當時想與馮雪峰見面並不困難。
就在「八・一三」當天下午他在許廣平家見過馮雪峰，其日記尚存：「到許女
士處，馮在，正和 K 談政治形勢，結果替他們做了一通義務翻譯。」〔註5〕日
記中「馮」即馮雪峰，「K」指鹿地亙。另據包子衍《雪峰年譜》介紹，馮雪峰
於當年 9 月寫信給潘漢年請假（潘時任中共上海辦事處主任，馮任副主任），
獲准後「在許廣平家住了二、三個月」，年底才返回家鄉浙江義烏。換言之，
胡風當年只要去許廣平家就能見到馮雪峰。

12—1937 年 9 月 3 日自上海

　　　　看情形，戰爭一定持長下去，這次是中國生死存亡的關頭，非
和敵人拼過一兩年，把它拖死不可。從上海戰爭的情形看，我們底
兵士實在英勇得可歌可泣，持久下去，一定能夠奪到最後的勝利的。

　　　　所以我和恩①打算最近回湖北來。恩在這裡進學校既不妥當，

〔註2〕茅盾：《烽火連天的日子》，《新文學史料》1983 年第 4 期。
〔註3〕《胡風全集》第 7 卷第 164 頁。武漢，湖北人民出版社 1999 年 1 月版。
〔註4〕梅志：《胡風傳》，第 349〜350 頁。北京，十月文藝出版社 1998 年 1 月版。
〔註5〕梅志：《胡風傳》，第 350 頁。

我因在上海又無事可做，回湖北反而能替故鄉盡一點文化工作的任務。現在，《申報》、《大公報》都在漢口籌備設立分館（出版報紙）了，還有書店也想搬到漢口去。

回湖北後，和子民②協力，也許能夠辦一個刊物出來。親愛的，等著罷，也許這月之內我們可以相見了。

① 恩，即胡風大哥的張名山的獨子張恩，正在上海補習功課準備報考醫專。

② 子民，即熊子民（1896～1980），出版人，社會活動家，胡風老友，曾與李達在上海創辦崑崙書店。

注②欠詳。熊子民，湖北武昌人。大革命時期曾在中國共產黨領導下從事農運、情報聯絡工作。1937 年 8 月以民主人士身份協助董必武籌建八路軍駐漢辦事處。胡風於 1929 年在上海結識熊子民，熊當時供職於崑崙書店，該書店的創辦人為鄧初民、李鶴鳴（李達）和熊得山。胡風於 1927 年結識鄧初民，鄧時任國民黨湖北省黨部宣傳部長，胡風為該部幹事。

「所以……」以下兩段，談的是打算近期離滬返漢的計劃。「在上海無事可做」云云，與 8 月 24 日／28 日家書中提到的馮雪峰對他的「封鎖」有關；「和子民協力」云云，提到打算在武漢創辦刊物事。值得注意的是，此時他尚無在上海辦刊的念頭。

胡風在回憶錄中多次談到「八‧一三」後在上海「無事可做」的苦悶，寫道：「上海沉浸在抗戰熱潮中，我所接觸到的人都是興奮的。文化文藝界當然有組織活動，但和『民族革命戰爭的大眾文學』口號有關的人們，除了黨員外，好像都沒有被吸收參加。」〔註6〕

按：在「兩個口號論爭」期間與胡風比較接近且贊同「民族革命戰爭的大眾文學」口號的青年作家有王堯山（路丁）、聶紺弩、吳奚如、陳辛人、周文、曹白、蕭軍、歐陽山（龍貢公）、端木蕻良等人。前六位是黨員，抗戰爆發後都參加了「有組織的活動」，王堯山為中共江蘇省委負責人之一，聶紺弩隨演劇隊去了武漢，吳奚如奉命去了延安，陳辛人奉命去了湖北湯池，周文奉命返回家鄉成都，曹白奉命就任上海某「難民收容所」所長。後三位及胡風是非黨員，他們確實未被吸收參加「有組織的活動」。然而，中共「上海辦事處」的

兩位領導人都是「民族革命戰爭的大眾文學」的倡導者，似沒有因「口號」排斥他們的理由。

13—1937 年 9 月 15 日自上海

我預備二十左右動身。遲走的原因是，已出了一個叫做《七月》的週刊，第一期出後，銷數名譽在一切文藝刊物之上，所以總想出到三期四期，弄出頭緒來，好交給別人繼續下去。現在第二期後天可出，在我走之前，至少可編好第三期（第一期今天夾在報紙裏寄出了）。

在武漢預備出一旬刊，現在登記手續已由子民辦好，廣告亦已登出，我二十五六到武漢，可趕到十月一號出版第一期。

上引兩段中蘊含著大量珍貴的原始信息：其一，他仍打算於月內離滬，只是因創辦《七月》週刊而將行期推遲幾天；其二，他打算編完三、四期後返漢，而將《七月》週刊交與他人繼續出版；其三，武漢新刊的「登記手續」已經辦好，急待他主持編務。從這些原始信息可以獲知，在胡風當年的計劃中，武漢新刊與上海《七月》並不是一回事；後人關於《七月》週刊「因戰事緊張而撤往武漢」及「移至武漢續出」等說法均與史實相侔。

按：《七月》週刊創刊號出版於 9 月 11 日，上海文壇早於她問世的戰時文藝刊物有很多，如文學社、中流社、文季社、譯文社聯合出版的《吶喊》週刊（8 月 25 日創刊）、《宇宙風》、《逸經》、《西風》共同出版的《非常時期聯合旬刊》（8 月 30 日創刊）、光明社的《光明戰時號外》（9 月 1 日創刊），等等。胡風關於《七月》週刊「銷數名譽在一切文藝刊物之上」的自評，雖因缺乏嚴格意義上的統計學資料而無法驗證，但可以確認的是，他創辦《七月》週刊的初衷中有與茅盾主編的《吶喊》週刊競爭的因素。胡風在回憶錄中談到：「《吶喊》篇幅太小，而且，無論在人事關係上或它那種脫離生活實際的宣傳作風上，這些人（胡風指與他接近的青年作家，筆者注）也都是不願為它提起筆的。我也打算自費弄個小刊物，接近的人都表示高興。魯迅曾幫助北新書局的店員費慎祥辦了個聯華書店，這時候他也無事可做，願意負責印刷和發行。於是，確定了《七月》這個小週刊的出版。刊名是複印了魯迅的筆跡的，唯一的表示紀念的意思。」〔註 7〕此說尚可斟酌。實際上，《吶喊》週刊與《七月》週刊堪稱上海抗戰文壇的一對姊妹花，她們都是「同人刊物」，「篇幅」都是「用一張報

〔註 7〕《胡風全集》第 7 卷第 352 頁。

紙折疊成的十六開本」,「刊名」都有「紀念」魯迅的「意思」,所載文章體裁風格也並無不同。簡言之,《七月》週刊是繼《吶喊》後出的一個救亡文藝刊物,且在許多方面仿傚了《吶喊》。〔註8〕此外,胡風和端木各在《吶喊》週刊上發表過兩篇詩文,但茅盾和巴金的文章未見於《七月》週刊。

14—1937 年 9 月 26 日自南京

> 我們昨日晚車離滬,今天下午二時到此。但行李沒有來,只好住在下關等。而且,行李幾時來是不曉的,所以船期不能定,船票不能買。據說也許要等五六天也說不定!

補注:「我們」指胡風和侄兒張恩。胡風在回憶錄中寫道:「九月底,帶著因戰事不能在上海考學校的侄兒張恩離開了上海。」〔註9〕

胡風於 9 月 25 日離滬,《七月》週刊於同日終刊。《七月》週刊共出版 3 期,主要作者有胡風(4篇)、曹白(3篇)、端木蕻良(3篇)、蕭紅(3篇)、蕭軍(4篇)、柏山(2篇)等 6 人,他們可稱為「七月社」早期同人;另有胡愈之、艾青、劉白羽、麗尼、胡蘭畦的文章各一篇,當屬「友誼客串」。

按:上海於 11 月 12 日淪陷。《光明戰時號外》在上海堅持到 10 月 30 日(第 7 號),《吶喊》週刊(《烽火》)在上海堅持到 11 月 21 日(第 14 期)。可以說,《七月》週刊的終刊與上海戰事的進展並沒有直接的關係。

胡風在回憶錄中曾談到《七月》週刊的創刊與終刊,寫道:「八‧一三上海抗戰爆發,當時我希望他(指馮雪峰)能領導我們組織起來做些抗日救國的工作,但是沒有,連和他見面都不容易。我自己只好籌錢出了三期《七月》週刊。沒錢出下去了,也就只好隨著人流向大武漢逃亡,又和他分手了。」

按:胡風此說有誤。如前所述,胡風此時想見馮雪峰並不困難,他的回憶錄中關於「希望」得到馮雪峰「領導」的表述,與當年獨立創辦《七月》週刊的史實不甚契合,透露出與馮欲密還疏的心理狀態,或可視為其後他與政黨文化人關係的縮影。

15—1937 年 9 月 29 日自長江上

> 當你看到這封信的時候,我大概已到漢口了。因為雜誌和書店

〔註8〕 吳永平:《〈七月〉週刊與〈吶喊〉週刊合評》,載《江漢論壇》2007 年 11 期。
〔註9〕 《胡風全集》,第 7 卷第 354 頁。

資本發行等問題非馬上解決不可，所以我不能中途回家，得一直趕
到漢口。但如果事情順利，大概一星期或十天之內我要回鄉一次，
雖然不能多住。

這次回武漢，事先計劃了一個月左右，幸而有子民在那裡，沒
有碰釘子。但實際動手做的時候，情形也許很難，但辦一個刊物至
少是沒有問題的。本來我已經討厭了上海的文壇生活，現在在這樣
的情形下離開，我是毫無留戀的。

我要獨立地做一點事情看看，看我底能力能夠不能夠替國家和
大眾做一點真正的服務。〔略〕。到武漢，只要資本和紙張不成問題，
我想是可以做通的。荒地要人開，做一做看罷。

蕭軍夫婦今天到南京，即趁船來武漢，端木過些時大概也可來。
看情形，武漢也許會熱鬧起來，只不過應付這些反王們得花不少精
力。

「當你看到這封信的時候……」一段，談到急於返漢的真實原因。

「這次回武漢……」一段，談到還是月前他與熊子民籌劃的那個龐大的合
作計劃，他們不僅打算自辦刊物，還打算自辦書店，從編輯、印刷到出版、發
行實現一條龍。「討厭了上海的文壇生活」一句，與 9 月 3 日信中抱怨在上海
「無事可做」是一致的。

「我要獨立地做一點事情看看……」一段，尤為值得關注。魯迅逝世前後，
胡風曾一度在馮雪峰領導下工作。在「兩個口號論爭」中，他對馮雪峰的處理
方式有意見，但馮「是黨的領導」，他「作為下級……只有服從」。〔註 10〕在編
輯《工作與學習》叢刊的過程中，他與馮發生分歧，但因馮「是黨的負責人」，
他又「不能不服從」。〔註 11〕「七七事變」至「八‧一三」期間，他與馮雪峰
的關係由激化而至惡化，他計劃返漢與熊子民合作及臨時仿傚《吶喊》創辦《七
月》週刊，都可視為被動脫離或主動擺脫馮的領導的嘗試。

梅志曾回憶道：「這一段時間，他一直沒見到雪峰，也就沒法向他請示。
但出《七月》和決定去武漢都是為了抗日，不是錯誤的事。」〔註 12〕

按：胡風此時所要求的「獨立」，只是針對馮雪峰個人，並非針對中共組

〔註 10〕《胡風全集》，第 7 卷第 163 頁。

〔註 11〕《胡風全集》，第 7 卷 346 頁。

〔註 12〕梅志：《胡風傳》，第 354 頁。

織。有諸多佐證——胡風返漢後不久便「向董老報告了在上海和馮雪峰的組織聯繫、工作情況以及現在的工作打算。董老勉勵我，說，現在好了，隨時都在直接聯繫中，只要注意和總的統戰任務靈活結合起來，就好了」；〔註13〕當年年底中共長江局成立，「由博古（時任中共長江局組織部長）組織了一個調整文藝領域工作的小組」，組員有何偉（時任中共湖北省委宣傳部長）、馮乃超（時為中共長江局文委成員）和胡風等三人，「每週開會一次，報告文藝界的情況，交換工作意見」；不久，《七月》半月刊也置於長江局文委的領導之下，據吳奚如（時任周恩來秘書）回憶：「《七月》的編輯方針，是經過長江局文委（書記是宣傳部長凱豐兼，文委委員是何偉，馮乃超、錢俊瑞、吳克堅和吳奚如等）討論和指導的。」〔註14〕——總之，胡風的「獨立」是有限度的，他並不拒絕政黨的組織領導和思想領導。然而，其有限的「獨立」意識仍不見容於後者，矛盾乃至衝突遂綿綿而生，這是後話了。

「荒地要人開」云云，倒有一段趣話：月初熊子民向武漢市府登記時，刊名定為《開荒》，〔註15〕被駁回；又以《戰火文藝》為刊名申請，仍被駁回；胡風返漢後用上海《七月》刊名重新登記，方獲批准。

「蕭軍夫婦今天到南京……」一段，提到兩蕭和端木的行止，並稱他們為「反王」（「反王」為湖北方言，指「刺頭」）。這個提法，似可彌補「七月社」同人關係研究中的盲點。

本文為國家社科基金後期資助項目（09FZW018）
《胡風家書疏證》的成果之一

〔註13〕《胡風全集》，第 7 卷第 355～356 頁。

〔註14〕吳奚如：《我所認識的胡風》，《我與胡風——胡風事件三十七人回憶》第 24 頁，寧夏人民出版社 1993 年 1 月版。

〔註15〕朱微明注釋：《彭柏山書簡》，載《新文學史料》1984 年第 4 期。

胡風與馮雪峰衝突之濫觴〔註1〕

提要：

1937 年「八‧一三」淞滬會戰前後，胡風與馮雪峰曾發生衝突，儘管其由來貌似綽爾小事，如後者曾批評前者於「七七」事變後攜眷返鄉及為鹿地亘口譯拿報酬等，但引起的後果卻不容小覷。此際胡風與馮雪峰之間的欲密還疏的關係，從某種角度而言，可視為其後胡風與政黨關係的縮影。胡風與馮雪峰衝突之濫觴，可從近年出版的《胡風家書》中窺得一二。

主題詞：《胡風家書》、胡風、馮雪峰

1937 年「八‧一三」淞滬會戰前後，胡風與馮雪峰之間曾發生衝突，其起因似乎都是一些綽爾小事，如馮雪峰批評胡風於「七七」事變後攜眷返鄉探親及為鹿地亘口譯拿報酬等，但卻因此而激起胡風的強烈反彈。胡風在當年的書信中多次抱怨馮雪峰有意打壓他，阻止他在報刊上發表文章，甚而指責馮雪峰把他們這些非黨員的前左聯青年作家排斥在有組織的救亡活動之外。此際胡風與馮雪峰之間的欲密還疏的關係，從某種角度而言，可視為其後胡風與政黨文化人關係的縮影。如上種種，均可從曉風選編的《胡風家書》（復旦大學出版社 2007 年版）中窺得一二。

本文所引原始資料均節選自《胡風家書》，不另注。原書所輯胡風家書按時間、地點分為若干集，且按寫作時間編次，筆者均未作改動。本文僅選錄相關書信中的相關段落，鋪陳史料，以供辨析，略加點評，未敢穿鑿，是為疏證。

〔註 1〕載《江漢論壇》2010 年 8 期，原題有副標題「《胡風家書》疏證數則」。

第二集　南京—上海—武漢

（1937 年 7 月 21 日至 1938 年 9 月 21 日）

該集題注云：「1937 年『七七』事變前，胡風帶梅志和長子曉谷回到多年未回的家鄉湖北蘄春，看望家人。後將梅志母子暫留家鄉獨自回到上海。」

題注有誤。胡風購船票在「七七」之前，攜眷登船在「七七」之後。

胡風在回憶錄中寫道：「這時候家裏來信，說父親病重，急於想見一面。離家十年多了，因為擔心國民黨和土豪報復惹麻煩，一直沒有回去過。在上海幾年，尤其是近兩年，弄得疲勞不堪，就決定回鄉一次，鬆弛一下。到買好船票後，七七事變發生了。預感到大的變化就要到來，想先把 M 和兒子曉谷送到鄉下住些時再看。」〔註 2〕

梅志在《胡風傳》中寫道：「胡風家裏先是來信，後又來電報，說是父親病重，急於想見上一面。……決定回十多年未歸的故鄉，同時也鬆弛一下這些年來在上海的緊張生活。船票買到後，得知盧溝橋打了起來，感到可能有變化，就向消息靈通的新聞界打聽，他們也說不出確實的情況。只好又向日本記者日高問訊，他說，沒多大問題，是局部衝突。胡風想，一時也難真正打起來的，就照原計劃帶著妻兒回鄉了。由於票好買，票價又打折扣，所以他們坐的是官艙，一家住一間。」〔註 3〕

按：胡風於「七七」事變後攜眷返鄉，當時曾引起某些人的議論。馮雪峰在胡風啟程前曾找他談話，對其似有所批評，請參看 1937 年 8 月 6 日家書注疏。

2—1937 年 7 月 22 日自上海

快到了，但上海底那些面孔卻和我離得非常遙遠，好像隔了一重濃霧，望不著他們，更不關念他們。家裏的每一個人底面色，十年沒見了的那些被生活弄殘廢了的村人們底姿態，都還在我底腦子裏跑來跑去。我在鄉下實在住得太短了。

大家都好，恩已在補習，老二也到學校去了。樓下還沒有搬，到底怎樣要碰到馮公①才曉得。

〔註 2〕《胡風全集》，第 7 卷第 350～351 頁，武漢，湖北人民出版社 1999 年 1 月版。

〔註 3〕梅志：《胡風傳》，第 342～343 頁，北京，十月文藝出版社 1998 年 1 月版。

① 馮公，即馮雪峰（1903～1976），詩人，文藝理論家。曾任「左
聯」黨團書記，當時為中共上海辦事處副主任、東南局文化工作
委員會委員。胡風這次在上海的住房係馮雪峰找人租賃的，這套
房子原來打算由胡風、周建人和馮雪峰三家合住，但後來周、馮
兩家未入住，胡風一家住了二樓和三樓，馮的同鄉孟姓一家住了
一樓。

注①有誤。馮雪峰時任「中共上海辦事處」副主任，但尚未擔任「東南局
文化工作委員會委員」。據包子衍《雪峰年譜》（上海文藝出版社 1985 年版）
介紹，馮雪峰於 1937 年 12 月 20 日「鬧意氣回到義烏老家去寫小說」，其後近
兩年失去黨的組織關係。1939 年下半年，由中共中央東南局組織部恢復其組
織關係，始任中共中央東南局文化工作委員會委員。又，胡風家此前（1936 年
底至 1937 年 5 月）與周建人家、馮雪峰家合住法租界拉斐德路穎村的一棟三
層樓房，「雪峰不要胡風和周建人付房錢，也可說是胡風受到黨的照顧吧。」
〔註4〕1937 年 6 月馮雪峰用周建人的名字另租下法租界雷米路文安坊的一幢
三層樓房，讓他的同鄉孟某住一樓，胡風家住二、三樓，房租改為自理。

按：該信非一次寫成，第一段寫於即將抵達上海之前，第二段寫於到家之
後。第一段談到對上海的人事感覺「隔」且並不「關念」，流露出心中的煩惱，
詳情在後信中續有提及。第二段末一句談的是住房問題，「七七」事變後胡風
攜眷回老家省親，行前讓梅志的母親、妹妹（即信中提到的「老二」）及胡風
的姪兒張恩（即上信中的『恩』，胡風大哥的兒子）都住了進來，住房就有些
緊張。於是，胡風夫婦便想把這棟樓房全租下來。但該樓是馮雪峰出面承租的，
一樓住戶且是他的同鄉，自然要與馮直接交涉。

附帶提一句，胡風比馮雪峰年長一歲，信中稱馮為「馮公」，這是唯一的
一次，褒貶義尚不明晰。

3—1937 年 7 月 29 日自上海

鹿地底譯文再有一天多可以校了，另做一篇解題，這件公案就
可以完結。以後，在別人底壓迫下一點一點地做自己底事情罷。

樓下還沒有搬，他們昨天託姆媽說，想再住一個月（現在閘北大
搬家，大概找不著房子），我答應他們再住半個月。大概可得八元罷。

〔註4〕梅志：《胡風傳》，第 337 頁。

　　我過得很好，吃得比往日多半碗，夜裏一覺睡到天光，對於他們的詭計，已經能夠完全不放在心裏了。

　　離開上海之前，馮政客和我談話時，說我底地位太高了云云。這真是放他媽底屁，我只是憑我底勞力換得一點酬報，比較他們拿冤枉錢，吹牛拍馬地造私人勢力，不曉得到底是哪一面有罪。

　　我到上海的第二天，就碰著胡蘭畦請客。當時沒有提到房子的事情，後來一直沒見到，為《小把戲》做的文章也沒有來拿去。這種人，稍稍環境好一點就會疏遠的。

補注：「馮政客」指馮雪峰。

「鹿地的譯文」一段，說的是協助日本作家鹿地互翻譯魯迅作品事。魯迅去世後，日本改造社決定出版《大魯迅全集》（7卷本），組織大批學者進行編譯，並聘請內山完造、伊藤春夫、許廣平和胡風等為顧問。鹿地承擔了其中「一部分散文雜文的翻譯」，由胡風口譯，「鹿地記錄並修改成日文」。「解題」是「對魯迅雜文每一集及其時代背景」所作的簡介，胡風寫了三篇，夏衍寫了一篇。〔註5〕胡風稱這項工作為「公案」，似有隱情。

「我過得很好」及「離開上海之前」兩段中提到的「他們」及「馮政客」，前者包含馮雪峰，後者確指馮雪峰。信中披露馮在他攜眷離滬前曾找他談話，譏諷他「地位太高了」，批評他拿「酬報」。馮的譏諷與批評似與胡風擔任《大魯迅全集》顧問及協助鹿地互翻譯事有關。胡風在信中反諷馮雪峰等「拿冤枉錢，吹牛拍馬地造私人勢力」，則似與馮任「中共駐上海辦事處」副主任後從事上層統戰工作有關。胡風返滬後，馮雪峰也許對他提出了一些工作方面的新要求，於是他有「以後，在別人壓迫下……」的感覺。

「我到上海的第二天」一段說的是兩件事：第一件事談的是對舊識胡蘭畦的看法，胡風1927年在國民黨湖北省黨部宣傳部任職時與她相識，此時胡蘭畦任上海《小把戲》雜誌的主編，因她未登門取走稿件，胡風認為她有點不念舊誼。第二件事談的是馮雪峰，7月23日胡風在胡蘭畦作東的飯局上見到了馮雪峰，但未及與他商談催促一樓房客退租事。

按：從此信中大致可以窺見胡風對上海的人事感覺「隔」且並不「關念」的部分原因——「他們的詭計」及「馮政客」的批評。

〔註5〕《胡風全集》，第7卷第222頁。

4—1937 年 8 月 3 日自上海

買來了《現代日本小說集》和《現代小說譯叢》，明後天再添買幾本「花書」就可以寄出了。這兩本小說，曾給了我很大的感激，我以為你可以細細地看一看的。當然，這是舊的人生舊的寫法，但你可以從這裡取得豐富的東西。

例如《與幼小者》，我現在讀起來都禁不住流淚。這些過去的愛心依然會使我們得到在人生路上奮鬥的勇氣，只不過我們比較幸運，明顯地望得見一個將來。親愛的人，這幾天一個感覺苦苦地抓住了我：要使我們底孩子一代不做他人底奴隸。

補注：胡風此次所購書都是周氏兄弟譯作，均為上海商務印書館《世界叢書》。《現代日本小說集》為魯迅和周作人合譯的現代日本短篇小說集，上海商務印書館 1923 年出版。《現代小說譯叢》為魯迅、周作人、周建人合譯的外國短篇小說集，署周作人譯，上海商務印書館 1922 年出版。《與幼小者》是日本作家有島武郎的作品，魯迅譯，收入與周作人合譯的《現代日本小說集》，上海商務印書館 1923 年出版。

「這幾天一個感覺苦苦地抓住了我……」一句，可與上信中「以後，在別人底壓迫下一點一點地做自己底事情罷」一句對看。他的這種受「壓迫」做「奴隸」的「感覺」，似不是泛指當時社會的黑暗，而是特指「這幾天」的遭遇。詳見下述。

5—1937 年 8 月 6 日自上海

到今天上午，才把全集的工作弄完，人算是輕鬆了許多。計算一下，從去年十一月起，九個月中間，我把五分之二的精力和時間花在了這件工作上面。但報酬呢？到現在只得到一百一十多元，至多還能得到五十餘元而已。然而三花臉先生（馮）還說我藉此出了名，大有認為被我得了了不得的好處似的。

照這情形，你們得在鄉下多住些時再看。送家眷到內地鄉下去的人多得很，艾蕪底太太今晚動身回湖南。有些人一口咬定我上次不是看父親底病，而是送你們避難的。辯解無益，也就索性不響了。

① 全集，即《魯迅全集》。胡風被列為魯迅先生紀念委員會顧問，

全力參加了《魯迅全集》和日文《大魯迅全集》的編纂和翻譯工作。

　② 三花臉先生，指馮雪峰。

　注①有誤。「全集」指的不是中文版《魯迅全集》，而是日文版《大魯迅全集》。胡風未被列為「魯迅先生紀念委員會顧問」，而是被日本改造社聘為《大魯迅全集》的顧問之一。

　注②太略。「三花臉」原指傳統戲曲行當中的「丑」角，也是京劇臉譜之一。齊如山《北平懷舊》中「談平劇的臉譜」一節有云：「又有一種人，心雖陰險，可是真面目又較多一些，如伯嚭等等就是如此。戲中抹這類人的臉，是只抹臉之中間，然必須抹出顴骨之外，看形式其粉塊之狀似一豬腰，所以名為腰子臉，又曰三花臉。」胡風以此譏諷馮雪峰缺乏「思想上的原則性」，〔註6〕有「是非不分或者是非不定」的弱點。〔註7〕其寓意與上信中所謂「政客」相同。

　「到今天上午」一段，敘及協助鹿地亙翻譯魯迅作品所付出的勞動與所得「報酬」的不對稱，並反駁馮雪峰對他的批評。

　關於「報酬」事，胡風晚年曾談到：「以上工作，我未得到分文稿酬，所有發表費和版稅，都由鹿地取去作為他的生活費用了。甚至我自己的《悲痛的告別》稿費，他也拿去用了。為了中日文化交流，只好由我個人節衣縮食，堅持做好這一工作。」〔註8〕梅志晚年也曾談到：「在整個幫鹿地翻譯的工作中，他可以說是完全白盡義務，沒拿過一文編輯費或翻譯費。只有為《大魯迅全集》三卷雜文寫的題解，收到過八十元稿費，其他錢全為鹿地所得了。」

　按：胡風家書中談及的已得到的「一百一十多元」及將得到的「五十餘元」，也許是日本改造社給的「課題啟動費」或「顧問」酬金罷。馮雪峰批評他藉此名利雙收，或許是誤會，或許另有隱情，尚待考證。

　「照這情形」一段，談的是「七七」事變後攜眷返鄉的餘波。「有些人」對此事有議論，其中是否也包括馮雪峰，尚待考證。參看7月29日家書中提到馮雪峰曾在胡風攜眷離滬前找他談過話，「咬定」云云，似不是空穴來風。

〔註6〕《胡風全集》，第7卷第109頁。
〔註7〕《胡風全集》，第6卷第366頁。
〔註8〕《胡風全集》，第7卷第222頁。

7—1937 年 8 月 12 日自上海

老聶參加了一個演劇隊，一兩天之內要到前線去了。曹白他們組織了一個「戰地工作團」，今天開成立會，我去參加了的，他們也預備十天左右以內籌好款到前線去。鹿地他們預備回國去打一轉（池田不來），但買不到船票，二十二才能走。茅盾他們發起了一部二十多人以華北抗戰為題材的集體創作，聽說他們月曜會的人打算以這份稿費做旅費到前線去。看情形好像要動起來了。

《中流》、《譯文》停了，《光明》再出一期也停刊，《文學》恐怕也支持不下去。不管戰爭發生不發生，這些雜誌停刊的命運是難得挽回的。平津失守以後，書業生意要減少十分之四（其他的商業也大略相同），其他的地方，因為怕戰事發生收不回錢來，也不敢批發出去。即如本埠罷，門市也非常清淡。

我現在在看「聯華」的叢書和校對《棉花》，把這些弄出頭緒後再計劃別的工作。三花臉先生封鎖我，但我想，我底力量總有可用之處的。不要擔心罷，我很平靜，很充實，一定多做些工作。

補注：「聯華」即聯華書局，經理人費慎祥。費慎祥為北新書局職員時，與魯迅有交往，1933 年退出北新後自辦出版社，曾得到魯迅的幫助。

「老聶參加了一個演劇隊……」一段，談到他所能瞭解到的「八・一三」淞滬會戰前上海文化界的動向。此時，他未參加任何救亡團體，似乎完全置身於有組織的救亡運動之外。

按：當時領導上海抗日救亡運動的核心是「中共上海辦事處」，潘漢年任主任，馮雪峰任副主任。潘漢年與夏衍等聯繫，推進上層的統戰工作，組織各種救亡團體，包括信中提到的「上海救亡演劇隊」及「戰地工作團」等。馮雪峰則與胡愈之、茅盾等聯繫，利用各種形式開展文化界的統戰工作，包括信中提到的「月曜會」。據茅盾回憶，「月曜會」本是「星期一聚餐會」的別稱，是他與馮雪峰、沙汀、艾蕪等於 1937 年初商議發起的，旨在加強與青年作家的聯繫。雖然「參加的人大致上是固定的」，但並不成其為團體或流派。〔註 9〕至於「以華北抗戰為題材的集體創作」，據吳福輝《沙汀傳》介紹，是由夏衍牽頭組織的，參加者有艾蕪、沙汀、張天翼、夏徵農、舒群等人，「他們聽《大

〔註 9〕茅盾：《抗戰前夕的文學活動》，《新文學史料》1983 年第 3 期。

公報》記者陸詒做了平津事變的詳盡報告，隨後在艾思奇家聚攏了一批原『左聯』的成員，商議寫一部大眾體長篇小說，初步定名為《蘆溝橋演義》。1938年4月小說在《救亡日報》連載，總題改為《華北的烽火》。

「《中流》、《譯文》停了⋯⋯」一段，談的是上海出版界受戰事影響瀕臨停業事。此時，他由於幾乎與馮雪峰斷絕了聯繫，對出版界未雨綢繆的工作所知甚少。

按：據茅盾回憶，8月12日（與上引胡風家書同一天）他與馮雪峰一起參加了「由鄒韜奮、胡愈之他們約集的一個會議⋯⋯」，在談到出版刊物時，「有人主張加強目前的幾個大型刊物，如《文學》《中流》、《譯文》等。胡愈之說，只要上海戰爭一起，這些刊物恐怕都要停辦，『一·二八』時就有過這樣的經驗。我們要預先想好應急的代替辦法。韜奮說，這種大型刊物恐怕適應不了目前這非常時期，需要另外辦一些能及時反映這沸騰時代的小型報刊，如日報、週刊、三日刊等。我打算把《生活星期刊》換個名稱重新復刊。大家認為這個意見正確，決定分頭去醞釀準備，並認為既要有文藝性的刊物，更要有綜合性的期刊和報紙。」〔註10〕

「在看『聯華』的叢書」一句，說的是他近期的案頭工作。7月29日家書中曾提到「付了『聯華』三部稿子」及「白朗底叢書要出，我拿到了十元」，說的也是為聯華書局看稿事。「《棉花》」，是他自己的一部小說譯稿，後因淞滬戰爭爆發未能出版。「三花臉先生封鎖我⋯⋯」一句，則是發洩對馮雪峰的強烈不滿，但「封鎖」意尚不明晰。

按：寫完這封信的次日，胡風便在許廣平家邂逅馮雪峰，關係似未完全破裂。參看胡風8月13日日記，「下午訪劉均夫婦（即蕭軍與蕭紅），見到K夫婦（即鹿地與池田）。他們睡在地板上面，乃從北四川路越過警戒線逃來的。K君在稿紙上畫圖向我說明中日軍隊底對峙形勢，並力言戰爭不會發生。K君來時，已親耳聽見過前哨的槍聲，而猶力言可以和平了結，蓋不相信中國政府有抗戰決心也。一路出來喝過俄國飲料以後，悄吟（即蕭紅）同K君夫婦去許先生（即許廣平）處，我去看張天翼。無話可談，他和他那外甥女的臉色，很難形容。到許女士處，馮在，正和K談政治形勢，結果替他們做了一通義務翻譯。」〔註11〕日記中的「馮」即指馮雪峰，「義務」云云，似仍對馮批評

〔註10〕茅盾：《烽火連天的日子》，《新文學史料》1983年第4期。
〔註11〕梅志：《胡風傳》，第350頁。

他為鹿地亙口譯拿報酬事耿耿於懷。

11—1937 年 8 月 24 日／28 日自上海

　　　我底生活還是這樣，但心情不靜，做不成事。今天早上算是寫
了一首詩。在現在，頂多也只能寫點詩和短文。

　　　又寫了兩首詩，連上次一首，有二百七八十行。寫著的時候，
我全身像發著熱病一樣，眼裏漲著熱淚。親愛的，為了祖國底自由，
我要盡情地歌唱！三花臉先生愈逼愈緊，想封鎖得我沒有發表文章
的地方，但他卻不能做到。我已開始向他反攻了。好 M・M，你不
用擔心，我雖不求勝利，但不稍稍剝去他底假面就總不甘心的。

　　　《文學》、《文季》、《中流》、《譯文》等四社合編一個《吶喊》
週刊，我也投稿。已出兩期，過兩天一併寄來。三花臉先生曾到黎
（指黎烈文）處破壞過，但似乎效果很少。很明顯，他是在趁火殺
人打劫的。

　　「我底生活還是這樣……」及下一段中提到新作了三首詩,《為祖國而歌》
作於 8 月 24 日，載《中華公論》第 2 期；《血誓》作於 8 月 25 日，載《七月》
週刊第 1 期；《給怯懦者們》作於 8 月 27 日，載《七月》週刊第 2 期。

　　「又寫了兩首……」一段中再次提到馮雪峰「封鎖」他，明確地指出馮曾
阻止他在報刊上發表文章而未果，此事尚待考證。

　　「《文學》……」一段中更明確地談到馮雪峰曾去黎烈文處說項，以阻止
他的文章見於《吶喊》，此事也待考證。

　　按：據茅盾回憶，馮雪峰與《吶喊》週刊有一定的關係，8 月 14 日下午
他和馮雪峰與巴金商討「馬上辦起一個適應戰時需要，能迅速傳布出作家們吶
喊聲的小型刊物」事宜時，是馮雪峰提出「何不就用《文學》《中流》《文叢》
《譯文》這四個刊物同人的名義辦起來，資金也由這四個刊物的同人自籌」，
但馮並沒有參加《吶喊》週刊的編務工作，也未過問刊物的用稿情況。8 月 16
日上午茅盾和巴金「約了四位主編開了第一次會議」，《吶喊》創刊號的稿件是
在這次會議上確定的，茅盾、巴金及四刊主編各寫一篇，巴金約來兩篇外稿（胡
風、蕭幹）。〔註12〕

〔註12〕茅盾：《烽火連天的日子》，《新文學史料》1983 年第 4 期。

又，胡風在《吶喊》創刊號上發表的是一篇雜感，題為《「做正經事的機會」》（作於 8 月 18 日。文中有這樣一段：「不要愛惜在奴隸境遇下的生命，也不要貪戀瓦上霜一樣的個人的『事業』，更不要記住什麼狗屁『地位』，把一切後事交給幼小的我們的子弟，抓住這個千載一時的難得有的機會罷！當我們盡了我們的任務以後，我們的幼小的子弟們將感恩地生活在光明的世界裏面。那時候，他們的努力，他們的事業，將結成一個亙古未有的巨大的花環，安放在我們的墳頭上面，使中華大地上充溢著鮮豔的色澤和濃鬱的香氣。」文中關於「個人『事業』」及「狗屁『地位』」之類的憤激之語，似針對馮雪峰前此對他的批評而發，似可視為他的「反攻」。

附帶提一句，胡風在《吶喊》第 4 期（即《烽火》第 2 期）上還發表了一首長詩，題為《同志——新女性禮讚》。

本文為國家社科基金後期資助項目（09FZW018）《胡風家書疏證》的成果之一

胡風為何要批評路翎的小說《泡沫》[註1]

　　過去，人們通常認為，胡風對路翎的小說作品只是一味推崇，完全沒有批評。就連他們的朋友何劍熏也曾這樣看，早在 1940 年他就鄭重地告誡路翎：「你和胡風在一起一定沒有太多的論爭，因為兩個人的見解共同；而沒有論爭是不好的。沒有外敵，國『恒亡』，沒有內爭，國也會亡。」

　　實際情況卻稍有不同。筆者發現，胡風對路翎的小說作品也曾有過批評，甚至可以說是非常嚴厲的批評，只是沒有將意見整理出來並公開發表而已。

　　譬如，胡風 1949 年 7 月 12 日自北平寫給梅志的信中有如下一段：

> 《螞蟻》，收到四本。看了一下，不好得很，尤其是那篇《泡沫》。
>
> 叫你不要管，你偏偏還要自己纏進去，真正無法可想。而且，還帶來要我去託人賣。內容好我都不方便，何況是這樣的內容。

　　信中提到的「《螞蟻》」，指的是文學叢刊《螞蟻小集》第七輯《中國，你笑吧》，該輯出版於 1949 年 7 月初（上海解放後兩月），編輯人為化鐵、羅洛、羅飛和梅志，均為「胡風派」同人。信中提到的「《泡沫》」，是路翎的一個短篇小說。胡風寫這封信時，第一次文代會尚未閉幕。由於茅盾剛在大會報告中對他的文藝思想進行過批評，他自知處境艱難，更須謹言慎行，故對梅志讓其推銷雜誌事稱「不方便」。

　　細讀這封信，可以見出，胡風對這期刊物十分不滿，對路翎的小說《泡沫》「尤其」不滿，話語間還流露出要與這同人刊物徹底撇清關係的意思。

　　然而，《泡沫》真有胡風所說的那樣不堪嗎？它的「內容」究竟是什麼？

〔註1〕載《博覽群書》2010 年第 5 期，又，《試析胡風對路翎短篇小說《泡沫》的不滿》，載《鹽城師範學院學報》2009 年 4 期。

不能不認真地進行一番考察。

該小說不足五千字,作於 1949 年 5 月 11 日(南京解放後半月),現收入朱珩青編選的路翎短篇小說集《旅途》,華夏出版社 2008 年出版。小說所表現的是一位名叫何季超的進步文化人解放前後的際遇。解放前夕,他由於「思想前進」被報館開除,戀人也離他而去,嫁給了「一個百貨公司的經理」。那時,「他的神經極度的緊張,常常覺得有人在跟蹤著他,想要逮捕他和殺他,於是弄得害著心臟病了,有時候要突然地暈倒」。他被迫寄居在表兄家裏,受盡了他們全家的冷眼。解放軍進城後,他應邀出席軍管會召集的一次會議,和「解放軍的司令員陳毅將軍」握了手,並在某「宣言」上簽了名。回到家裏,他向表兄許願說:「(只要你)思想前進一點,(我就替你)找關係幫忙接收銀行。」他的表兄本是個不守法的銀行職員,以前一直「害怕共產黨來了會(共產)共妻」,聽過何季超的這番話,「於是熱烈起來」,殷勤地叫人買來酒菜款待過去非常「討厭」的表弟。小說傳神地描寫了何季超在酒桌上的表現及心理:

> 現在他卻高興了。他覺得現在是到了他取得報酬,快樂,自由,威風起來的時候了。喝著酒,談著話,激動非常,心裏就也有了一種莊嚴的,要做什麼的,巨大的願望。他要擁抱一切一切,而重新為人,就是說,認真地改造自己。他講話有一點錯亂,先說他是共產黨員,「坦白地說,我早就是一個黨員了。」後來又說他是負責領導一個民主黨派的支部的。又說,他們已經接受了一幢大房子和兩輛吉普車,今天他就是坐這吉普車回來的。他拿出一面這民主黨派的支部的小旗子給表兄看,又掏出了一張宣言稿子,上面有他的簽字。

酒酣耳熱之際,何季超突然又想到可以用「征服者」的新身份去「拯救」前戀人,於是便邀表兄聯袂前往。路途中,兩位「接收大員」在「革命分子是否應該坐人力車」問題上鬧了一通笑話後,終於如願地見到了那位「胖胖的、健壯的、愉快的女子」,接著便展開了一場「接收」與「反接收」的口舌交鋒。何季超為了「拯救」前戀人費盡心機,先是利誘,承諾「我可以想辦法幫你解決(一切困難)」,可惜「她」不為所動;繼而威脅,誣稱「我曉得你先生跟特務有關係」,不料對方卻「大聲叫」著讓他們滾出去。路翎對何季超出門時那

一瞥的描寫採用了頗為擅長也頗招非議的精神分析法：

> 她靜靜地站著。她沒有哭。她的丈夫在樓上喊她，她也沒有作
> 聲；她臉色很是灰白。可是何季超仍然覺得一種了不得的浪漫，美
> 麗的氣氛——他覺得他要哭出來。他果然很傷心地哭出來了，望著
> 她，拿出手巾來揩著眼睛，也捨不得把眼淚揩乾淨。

小說以這對表兄弟的幾句對話為結束，曲終奏雅，餘味無窮：

> 「唉，」表兄又說，「你說去接收，什麼時候上任呢？」
>
> 「過兩天。」何季超說。突然他發怒了，「怎麼，你怕我住在你
> 家裏嗎？老實說，好幾棟房子等著我去住呢。」
>
> 表兄不作聲了。
>
> 「這樣子，」走了一陣何季超又溫和地說，「你借我幾個錢好不
> 好，我要買點東西——從我這幾天的經驗，我開會的時候一定要提
> 出來！革命非徹底不可！」

從上述可知，《泡沫》意在諷刺解放初某些自以為對「革命」有功的小知識分子「當家作主」的臆想，抨擊他們「五子登科」（「位子」、「房子」、「車子」、「票子」和「女子」）的惡欲。作家對社會現象的敏感度令人驚歎，作品的藝術表現也堪稱上乘。按照胡風對小說家「主觀戰鬥精神」的一貫要求，這類具有警世「內容」的批判現實主義作品是應該得到讚揚的。

還可以考察《泡沫》創作素材的來源，以便更好地估量該小說的現實主義價值。

路翎是南京解放（1949 年 4 月 24 日）的目擊者，4 月 30 日他給胡風的信中激動地寫道：「南京解放，新天地於數日炮火後突然出現，感覺上似乎還一時不能適應。瞎子突然睜了眼，大約就是如此罷。」他也是南京解放初文化界活動的參與者，5 月 4 日他在給胡風的信中寫到他當時的所見所聞所感。全信錄如下：

> 風兄：
>
> 前信未知收到否？不知道你底通訊址，在上海的時候沒有抄下
> 來。
>
> 在滬時曾和洗群見面數次，談論關於《郭素娥》的改編。他給
> 我介紹了在南京的原演劇七隊的隊長李世儀，意思是李君關係多，
> 緊急時可照應一下。前些天，解放以後，他來過。因他的關係，這

裡解放軍文工團茶會招待文化界的時候也邀了我，去了，是關於《白
毛女》的上演的。在那裡遇到了羅蓀、吳組緗等人，他們告訴我已
經發了一個宣言，知道我在南京，簽了我的名字，並邀今天留京的
文協會員聚會一下。去了，一共十幾個人，好一些是不大相干的。
談了兩件事，一是要出一個小刊物，一是要成立文協南京支會，並
推舉六月初在平召開的大會底代表，選的結果，是吳、羅、蕭亦五
和陳中凡教授四人。就是這樣的一個情形，並大家捐了一點錢預備
出刊物。

我看做不出什麼事情來。但刊物，還是預備寫一點，因為不然
就要大家不舒服，這幾位先生，我都不大知道詳情。據他們說宣言
是由新華社發到北平來了的。文協南京本無分會，這幾個人，也成
立不了什麼分會似的；推舉的代表，也不過是他們的心切。

他們將有電文之類來平，想你已經知道了。

莊君在蘇州，來信說，通車後即來京一走。但我們底資財和稿
子都在上海，一時無法做了。我也想看看再說。現在這裡，各個角
落裏都跑出人來，在文化活動和政治活動上面，手癢的人多得很。
有的還想當「接收大員」哩。

我底舊事大概已清理完畢。現如做一點新的事情，大約還是短
的。也想再寫劇本。

望來信。祝好！

嗣興 5 月 4 日晨

很清楚，《泡沫》的創作素材來源於作者的生活體驗，並非閉門造車或向
壁虛構。當然，路翎所親見的社會現象——信中提到的那個由人代簽的「宣
言」，由「不大相干」的人召集的「文協南京支會」成立大會，「心切」地為第
一次文代會「推舉的代表」，及從「各個角落」裏「跑出來」的「接收大員」
——也許只是陽光下的陰影，但按照胡風一貫提倡的「主客觀融合」的創作方
法，這類及時表現社會轉型期社會生活場景和眾生相的個性化藝術作品也是
應該得到讚揚的。可以指責路翎的觀察不夠全面，思考不夠深刻，但不能不佩
服他捕捉社會問題的敏銳眼光和旺盛的創作能力。

然而，胡風為什麼要批評路翎的這篇小說呢？還得作進一步的考察。

首先，這篇小說的主題不符合胡風當時對同人的創作要求。

1949 年 3 月胡風從東北解放區來到北平，經歷了近 4 個月的考察後，對新政權奉行的文藝路線有了一些瞭解，文藝思想有所變化。最突出的是，他在給同人的信中不再倡導「主觀戰鬥精神」，而是敦促大家都積極地作出順應主流的姿態。5 月 19 日他給路翎去信，叮囑道：「（如寫文章）要注意政策，不要招到誤解的表現法。……可能時寫一點積極內容的東西，表現要明朗一點。」5 月 30 日他又致信路翎，解釋道：「文藝這領域，籠罩著絕大的苦悶。許多人，等於帶上了枷。但健康的願望普遍存在，小媳婦一樣，經常怕挨打地存在著。問題還是要有作品去衝破它。這作品，要能使那些害人的理論不能開口，就：（一）要寫積極的性格，新的生命；（二）敘述性的文字，也要淺顯些，生活的文字；（三）不迴避政治的風貌，給以表現。」簡言之，胡風囑路翎及時調整創作思路，盡可能地表現光明面，盡可能地採用口語，盡可能地配合政治形勢。遺憾的是，路翎收到第一封信時，《泡沫》已經脫稿，收到第二封信時，小說已經付排。總之，他沒來得及按照胡風的提示對小說進行潤色或修改。從這個角度來看，胡風對路翎小說《泡沫》的不滿是可以理解的。

其次，這篇小說無意間觸及了胡風心中的隱痛。

說來也巧，上海解放前後胡風也曾如何季超一樣有過當「接收大員」的一閃念。當年，胡風家住上海雷米路（永康路）文安坊六號的一幢三層小樓，家居是夠了，但用來辦出版社就嫌不夠。為此，他不止一次地動過調換房子的腦筋。

1949 年 5 月 10 日，就在上海解放的前半個月，他在給梅志的信寫道：「房子不夠用，不合用，但看情形不見得有換一個的可能。有人問到（當然是當權的人）要什麼幫助，不妨看勢提出。」信中提到的「當權的人」，指的是即將南下接收上海的幹部。當時，他與潘漢年、夏衍、周而復等都住在北京飯店，後者正待命南下接收上海。5 月 27 日，上海解放的當天，他在給梅志的信中又寫道：「漢年副市長，夏衍宣傳部長，而復、于伶都南下了，總在軍管會、市委工作……如公家給我們換房子，要有花園的，那你就積極答應，並且選好一點的。」遺憾的是，「公家」始終沒有過問他家的「房子」問題，他很快也覺察到「花園洋房」的企望只是一廂情願的「泡沫」。6 月 17 日他在家書中不快地寫道：「房子不管，我是說，周而復等提到，可以接受那意思。但當然不會的，也許還覺得我們太好了。」從這個角度來看，胡風對路翎小說《泡沫》的不滿也是可以理解的。

　　解放初是萬象更新、天翻地覆的大時代，一切人物都要接受時代的考驗，文藝家也概莫能外。況且，對文藝家來說，這考驗或許更加嚴峻一些。須知，現實主義的生命在於直面人生、正視現實，現實主義作家的價值在於不矯飾、不迴避地表現人生。哪怕現實主義的鋒刃戳穿的是自己的胸膛，也要敢於「抉心自食」；反之，因避諱「政策」而權宜性地改變創作路徑，因「怕挨打」而刻意地表現心地的「明朗」，因時下的「存在」而違心地趨奉主流思潮，雖不乏政治化文人的機智，但畢竟不是現實主義作家的正途。

　　面對解放初期多彩多姿、紛繁複雜的社會生活，路翎以短篇小說《泡沫》採擷了一枝現實主義的花朵，而胡風則隨著湧動的生活大潮飄浮著，他的「戰鬥的現實主義」理念褪色了。

2011 年

胡風與《起點》文學月刊〔註1〕

提要：

胡風同人刊物《起點》是正式獲准出版的民營刊物，出版兩期後即自行終刊。胡風曾給予該刊以積極的支持和指導，但未直接參與編務。細讀這份早夭的刊物，並參照當年胡風與同人的通信，不僅有助於評價該刊在當年高度政治化的文化環境中的生存狀態，也有助於評估該刊同人當年在追隨主流、服務政治道路上的不同表現。概而言之，《起點》的創刊與終刊既與當年政治文化環境或寬鬆或嚴苛的變動有關，也與該刊同人或進取或畏縮的態度有關。

主題詞：胡風、梅志、《起點》

解放初，文藝刊物「一般都是由各級文聯、文協或其他文藝團體編輯出版，由私人經營的為數極少」〔註2〕。在這「為數極少」的私營文藝刊物中，梅志等人主編的文學月刊《起點》曾是影響最大的一家。

《起點》第一期出版於 1950 年 1 月 20 日，第二期出版於 3 月 1 日，都只有一個印張，32 個頁碼，印數一千。

就是這樣一個並不起眼的私營小刊物，卻曾因張懷瑞（阿壟）論文《略論正面人物與反面人物》（載第 2 期）中的「引文」問題，在建國初期的文壇上引起過軒然大波。餘波蕩漾，至今猶未平息。

2005 年羅飛寫道：「關於這本滿布精神奴役創傷疤痕的『小刊』，有心人

〔註1〕 載《鹽城師範學院學報》2011 年第 3 期。
〔註2〕 全國文聯研究室：《關於地方文藝刊物改進的一些問題》，載 1951 年 7 月 10 日 《文藝報》第 4 卷第 6 期。

若能耐心讀讀它的內容，當會看到它的被過早扼殺，對那個時代來說，顯然是很荒唐的，其實並不難理解，仍不過是某些人對於它的主持人梅志的宗派主義作怪。〔註3〕」同年，周燕芳寫道：「解放前後的文化環境也是不允許這樣的同人刊物繼續存在的，以創辦同人刊物來『迎接祖國的新生』，只不過是文人們良好和單純的願望罷了。其後《起點》的遭遇已經證明了這一點。〔註4〕」

　　筆者不僅「耐心」地讀了《起點》，還參閱了其他相關史料，發現該刊曇花一現的過程和原因遠比上述二人「理解」的要複雜。

一

　　筆者在《胡風與〈螞蟻小集〉的復刊及終刊》中曾談到，第一次文代會前後胡風對文藝路線和相關文藝政策有著比較悲觀的想法，一度情緒低沉。他不主張繼續出版同人刊物，同時也打算結束「希望社」。《螞蟻小集》的復刊完全是梅志等人自作主張的結果，他其實是被「推著走的」〔註5〕。

　　不久，胡風的態度發生了變化。1949 年 9 月初他奉召赴北平出席全國政協第一次會議，聆聽了周恩來「關於政協名單，關於政協組織，關於政府組織」的報告，參加了國家大法「共同綱領」的討論，心情開朗了起來。9 月 17 日他在給梅志的信中寫道：

> 　　小劉（劉德馨，即化鐵）等底計劃怎樣了？應鼓勵他們。我看
> 法變了一點，應爭取工作，因為，非有作品不可。紙事，妥了沒有？
> 如沒有，去信催一催。那幾本詩，如俞老闆不印，我想著手印一印。
> 否則，對不起作者們。因而，信箱還是要的。〔註6〕

　　信中所談到的「計劃」，指的是繼續出版《螞蟻小集》事；「應爭取工作」，指的是同人在文化單位謀職事。當時羅洛在上海軍管會輕工業處工作，羅飛在上海勞工醫院工作，化鐵在上海龍華機場氣象站工作，阿壟剛調入上海北站鐵路公安處，都不在文化單位。他希望他們以優秀的作品來獲取進入文化單位的入場券；「那幾本詩」以下幾句，談的是「希望社」的復業事，他打算繼續出

〔註3〕羅飛：《五十五年後談〈起點〉》，載《黃河文學》2005 年第 3 期。

〔註4〕周燕芬：《〈希望〉終刊後胡風同人的社團活動》，收入《待讀驚天動地詩——復旦師生論七月派作家》，安徽教育出版社 2008 年。

〔註5〕吳永平：《胡風與〈螞蟻小集〉的復刊與終刊》，載《閱江學刊》2009 年第 4 期。

〔註6〕胡風給梅志信均引自《胡風家書》，復旦大學出版社 2007 年版。

版《七月詩叢》，於是讓梅志保留該出版社的「信箱」。

然而，胡風沒有想到，由於他對「計劃」的關心、由於他的「鼓勵」、由於他的新「看法」，使得上海的同人盲目樂觀了起來，竟產生了拋棄叢刊、另創月刊的想法。

政協開幕的當天（9 月 21 日），胡風收到了梅志的來信，他沒有細讀便匆匆覆信。信中有如下三段：

> 小刊能弄，頂好。

> 碰到一次何英，他說，這裡（新華）可代發書，每種在千數，那麼，俞老闆可以高興了。我想找到何英問一問詳情。他一直沒有來我這裡。《路》，還沒有能交他。剩下的《路》，務要趕快賣掉，好重新整理排印。《混亂》如出了，寄十本來。

> 我想了一個問題：希望社，如有人投資，約二三千萬罷，弄到房子，交專人去辦，能保存也許是好的。否則，有些作品，可能被悶掉。但目前，頂多也只能向假定對象，如殷家之類，探探口氣而已。

第一段中的「小刊」，《胡風家書》的編者注為：「即文學刊物《起點》。」實際上，指的是《螞蟻小集》，詳見下述。第二段談的是國營發行渠道向私營出版社開放的信息，他催促梅志趕緊銷售存書並出版新書。第三段談的是為「希望社」籌資事，數月前他曾打算「結束」該社，此時卻因受政協會議開幕和發行渠道通暢等「利好」傳言的誤導，頭腦發熱起來，竟想擴大出版業務。

梅志收信後，深受鼓舞，以為胡風無保留地贊同他們另創新刊，便在信中又具體地談到籌辦「小刊」事。此信託鄰居馮賓符帶到北京。10 月 8 日胡風收到馮賓符帶來的信，這才意識到她所說的「小刊」並不是叢刊而是新刊。當晚他在覆信中不解地問道：「小刊，他們不可以先出叢刊麼？」

從上述來往書信中可以見出，《螞蟻小集》的終刊是胡風不在上海時，梅志等自行決定的，並不是迫於不可抗禦的政治壓力，也不是迫於發行渠道受阻，而只是為了給新刊讓路。就此而言，周燕芳所謂「解放前後的文化環境也是不允許這樣的同人刊物繼續存在」的推測是沒有實證根據的。

在為《起點》申請「登記證」的過程中，胡風也出過力。他在 10 月 15 日的家書中寫道：「小刊，要完全由他們自己去弄。你尤其不能擔負什麼事務。能有書店出當然最好。我如回了上海，要出面為他們要登記證的。衝，是應該

的，但不能都有我們自己在內。看來這些青年人，真沒有什麼能耐。」「衝」，是胡風近年來的主張。1949 年 5 月 30 日他在致路翎信中曾這樣寫道：「文藝這領域，籠罩著絕大的苦悶。許多人，等於帶上了枷。但健康的願望普遍存在，小媳婦一樣，經常怕挨打地存在著。問題還是要有作品去衝破它。」此時，他贊同讓同人們「衝」，但不願梅志參與。

新刊的「登記證」於 1949 年年底獲批，為「上海市軍事管制委員會書報雜誌通訊社臨時登記證期字第七二號」。

如果說，《螞蟻小集》的復刊，胡風是被梅志等推著走的；那麼，《起點》的創刊則是得到了胡風的首肯，並得到了他的全力支持。

二

《起點》第一期由梅志、化鐵、羅洛、羅飛等四人編輯完成。其間，莊湧（時在上海務本女中任教）曾表達參與的願望，被胡風否決〔註7〕，但梅志並未對他徹底關上門，還是發表了他的一首小詩《蔣介石即景》。

1950 年 1 月 25 日胡風收到梅志寄來的《起點》創刊號，1 月 27 日覆信道：

> 《起點》，想不到能有這樣好。封面，看起來很簡單，但大膽地打破了我以前的限制，很好。路翎小說非常好，詩也好。不過，你們還是準備受挑剔罷。
>
> 方青論文，沒有意思。還提什麼文代大會？那已經臭了，我們還怕讀者忘記了麼？再，又是什麼要批評之類，自己沒有批評，卻反而去打草驚蛇起來，犯不著的。《關於詩稿》這類文章，倒非常好。不知是誰的手筆？
>
> 我勸大家暫時少登論文，少到沒有更好。上次路翎那短文，也暫不必用。
>
> 不過，這只是我的意思，要和雪葦商量看看。我自己是，不願看論文，守梅文章我就沒有看。──《時間》廣告也不好，登就得好好登一下。二期再說罷。

被他稱為「很好」的封面設計，是梅志的創意，「打破」了他一向主張「封

〔註7〕胡風 1949 年 10 月 7 日家書：「莊湧，不去冷淡他，是應該的，但當作同人，恐怕不見得妥當，不過，既已如此，只好以後再看了。」

面，非有一道黑色不可的」的「限制」（1950 年 1 月 13 日家書）；被他評價為「非常好」的小說，是路翎的《榮材嬸的籃子》。年前，胡風曾嚴厲批評他的《泡沫》〔註8〕，他隨即轉向，按照胡風提出的應表現「積極的性格」和「新的生命」的要求創作表現工人群眾的作品；被他稱為「也好」的詩歌，指的是冀汸的《中國，在一九五〇年》、孫鈿的《連續戰鬥中的一支小曲》和羅洛的《為成都解放而歌》等，當然也包括他的最心愛的小詩《小草對陽光這樣說》；被他稱為「沒有意思」的論文，是綠原（方青）的《文代大會的思想要求》。綠原曾出席第一次文代會，該文即為闡釋大會提出的「用團結底方式進行思想鬥爭，用思想鬥爭的內容爭取團結」方針而作。其文曰「我們擁護批評！需要熱烈的尖銳的批評！大膽的坦白的批評！唯有通過批評，我們才能遏制一切有害於人民意識的文藝思想及其作品，才能保衛新生的健康的人民文藝力量。」胡風此時對第一次文代會前後挨批事心有餘悸，綠原的提法觸犯了他的大忌。被他評價為「非常好」的短論，是夏衍（朱儒）《關於詩稿》〔註9〕。該文從「近來報紙副刊收到很多詩稿」說開，首先表彰了詩人們「歌頌人民政協的開幕和新中國的誕生」的政治熱情，接著便針砭來稿中「千篇一律、人云亦云、可有可無……等等毛病」，批評某些詩人由於「在情緒上有著缺陷」及「在認識上也難說沒有錯誤」，詩中竟「有把『新中國』比做『人民』和『新政協』結婚後產生出的『小寶寶』這一類不倫不類的想像」。夏衍時任上海市委常委、市委宣傳部長、文化局長、上海市軍管會文化教育管理委員會文藝處處長，是胡風所謂上海文化界的「猛人」之一，他的稿子是主動投來的，還是梅志拉來的，目前尚不得而知。但他能把稿子給《起點》，或可以說明上海文化領導層此時對胡風同人的某種姿態。

　　《起點》創刊號面世後，曾有人在報紙上提出批評。

　　2 月 15 日胡風給徐放去信，談到：「《起點》，我沒有精神管。應該更好，但須得大家培植它。這裡人很少。首期是單薄些，但似乎純真，單那一篇《籃子》，也就不算白費了。這裡已有小人在壓它破壞它。〔註10〕」信中所說的「有小人在壓它破壞它」，據羅飛回憶：「一期出後不久，嘰嘰喳喳的口頭傳聞不斷，

〔註8〕吳永平：《試析胡風對路翎短篇小說〈泡沫〉的不滿》，載《鹽城師範學校學報》2009 年第 4 期。

〔註9〕抗戰時期夏衍曾用這個筆名在重慶《新民報》副刊上發表了大量文章，抗戰勝利後又以這個筆名在上海《新民報》晚刊上發表了許多短評。

〔註10〕胡風給友人信均引自《胡風全集》第 9 卷，湖北人民出版社 1999 年版。

形成文字的報刊責難文章，我們見到的就有好幾篇。開始針對卷首語《寫在前面》。有的責問為什麼只提反帝反封建不提反官僚資本主義？有的又批評：為什麼在當今解放了的新中國還要反對封建主義？等等。對於這類『雞蛋裏挑絲骨』的批評，我們都未作文字上的反應。」

筆者查閱了 1950 年 1 月至 3 月上海《文匯報》，只在 2 月 10 日該報副刊「磁力」上見到一篇署名「日干」短評，題為《我們的主要敵人究竟是誰？》，羅飛憶及的「責問」和「批評」全在裏面。鑒於資料不易見，全錄如下：

> 在 1 月 20 日出版的文藝刊物《起點》第一卷第一期上的像發刊詞的《寫在前面》一文中，有這樣的話：「我們的新文學，三十年來，是以魯迅為旗手，通過各種考驗，⋯⋯彎彎曲曲地戰鬥過來的。反帝、反封建的新民主主義的要求，一直是它底主導的內容。」（第二段）又有這樣的話：「三十年來，我們底主要敵人是封建主義及其所變形出來的各種妖魔鬼怪。今天，和相當長時期的將來，我們底主要敵人也仍然是封建主義及其所變形出來的各種妖魔鬼怪。」（第三段）
>
> 這裡，我個人有一點意見（對不對還得請大家指正）：首先，這兩段文字不統一；其次，也是更重要的，是第二段文字著重了反封建，這是值得商討的。歷史說明：中國人民的敵人有三：帝國主義、封建主義、官僚資本主義。這三個兇犯是狼狽為奸，聯合著魚肉中國人民的。但可否這樣說：「封建主義是元兇，其他二個是從犯」呢？不可以，因為帝國主義與官僚資本主義並不是封建主義所派生的，因此決不是封建主義所「變形出來的各種妖魔鬼怪」。中國人民的最頑強的敵人是帝國主義，而封建主義則為帝國主義侵略中國的基礎，官僚資本主義是帝國主義侵略中國的在華代理人。如果說「我們底主要敵人是封建主義及其所變形出來的各種妖魔鬼怪」，那麼，帝國主義呢？官僚資本主義呢？而且，照這樣說來，則其邏輯發展就會是：我們只須反封建，關起門來實行土改，革命就可以成功。但事實證明這是不可能的。或者，難道文藝上的主要敵人是一個（封建主義），而經濟政治上的敵人是三個？不對，因為文藝就是現實的集中和提高的反映。或者，特別是在「今天，和相當長期的將來」，我們的主要敵人是封建主義？現在已是新民主主義時代，官僚資本主

義即帝國主義在華代理人的勢力基本上已被打垮，但帝國主義卻仍
然強大，仍然是我們的主要敵人，我們隨時都要提高警惕，怎麼可
以不提它呢？那麼，「寫在前面」一文輕了另外兩個敵，特別是帝國
主義，這在文藝戰線上說，恐怕是無原則的。

　　以上是我個人的一點意見，究竟對不對，還希望讀者及《起點》
的編者予以嚴格的指正。

平心而論，這個短評的上綱尚不算太高，語氣也不算太霸道，分析也算還
有分寸。如果顧及當時上海尚處在臺灣飛機空襲下的特殊歷史環境及帝國主
義對新生人民政權的敵視和封鎖，中國人民在「今天，和相當長時期的將來」
所面臨的「主要敵人」當然絕不止「封建主義及其所變形出來的各種妖魔鬼
怪」。

《起點》發刊詞的執筆者可能是梅志。1955 年唐弢在一篇文章中寫道：
「我在主編《文匯報》副刊《磁力》上發表了日干同志的文章，對這點提出批
評。胡風妻子梅志大動肝火，奔走相告，認為這段話沒有錯，只是《磁力》對
她故意搗蛋。」

必須指出，解放初期胡風曾一再叮囑同人要謹慎為文，尤其對梅志不太放
心，曾建議她寫成後找人把關。1949 年 5 月 27 日他曾致信梅志，告誡道：「可
寫就寫些什麼罷。覺得有把握就投給報紙也好，但頂好有可靠友人先看看。」
同年 6 月 13 日他又叮囑道：「對於革命的總方針，你也不能完全理解。」

《起點》第一期未招致更多的批評，也許與夏衍的文章壓陣有關。

三

《起點》是文學月刊，第二期應於 2 月 20 日出版，卻遲於 3 月 1 日面世，
足足晚了十天。延期的原因未見諸當事人的回憶。路翎曾參與該期的編務。胡
風 2 月 12 日日記中載有：「路翎、羅洛、羅飛來，他們討論《起點》第二期稿
子，晚飯後去。」

第二期的風格與第一期基本相同，打頭的依然是路翎的小說，緊隨其後的
仍然是孫鈿、冀汸、羅飛、羅洛等的詩歌，壓軸的還是阿壟的論文，外稿幾乎
沒有。如果說有什麼不同，那就是追隨主流，服務於政治的傾向更加明顯，第
二期竟以近六分之一（5 頁）的篇幅刊載了冀汸、羅飛、羅洛等為動員購買公
債而創作的詩歌。羅洛曾憶及胡風對該期的批評：「胡風看了刊物，他調侃地

對我說，『你們真有本事，推銷公債也能寫這許多詩！』顯然他對這些詩是不滿意的，但也沒有多說什麼。當然，胡風並不反對文藝為政治服務，他只是要求詩應該保持藝術特點和藝術感染力，能夠服務得更好一點而已。〔註11〕

　　也許是汲取了上期「發刊詞」措辭不慎而引起「竊竊私語」的教訓，第二期的編輯風格有所改變。具體地說，該期刊物簡直像一個全身包裹著甲冑的戰士，這「甲冑」便是編輯在可能會引起爭議的作品後面有針對性地放上偉人「語錄」。路翎的小說《祖國號列車》描寫的是「舊公務人員」對「勞動模範」態度的轉變，視角頗為獨特。編者於是在篇末空白處放上馬克思《關於普魯士最新審查條例的備忘錄》中的一段名言：「你們總不會希望玫瑰花和紫羅蘭發同樣的香氣，然則最豐富的東西，精神，為什麼一定要嵌在一個模子裏？……（筆者略）」路翎的另一篇小說《勞動模範朱學海》（署名林羽）講述的是一個「孤單，陰沉，精神萎靡」的青年工人在軍代表和老工人的教育下如何掙脫「精神奴役的創傷」振作起來的故事，人物性格非常獨特。編者於是在篇末又綴上列寧《黨的組織和黨的文學》中的一段名言：「沒有可爭辯的，文學事業比一切都少能服從於機械的平均，水準化，多數統治少數。沒有可爭辯的……（筆者略）」何苦的小說《一百單八將》也是表現工人的改造過程的，人物性格前後對比相當懸殊。編者於是在篇末安排了兩段毛澤東語錄：一是毛澤東《論文藝問題》中的「我們的文藝應該描寫他們的這個改造過程，……（筆者略）。二是毛澤東《新民主主義論》中的「對於人民群眾與青年學生，主要的不是要引導他們向後看，而是要引導他們向前看」。更有意思的是，編者在該期唯一的一篇文藝論文（阿壟《略論正面人物與反面人物》）後面放上毛澤東《論文藝問題》中的另一段語錄：「學習馬列主義，不過是要我們用辯證唯物論和歷史唯物論的觀點去觀察世界，觀察社會，觀察文學藝術，並不是要我們在文學藝術作品中寫哲學講義。馬列主義只能包括而不能代替文藝創作中的現實主義，正如它只能包括而不能代替物理科學中的原子論，電子論一樣。空洞乾燥的教條公式是要破壞創作情緒的，但是它們不但破壞創作情緒，而且首先破壞了馬列主義。教條主義的馬列主義並不是馬列主義，而是反對馬列主義的。」

　　然而，儘管編者採取了如此嚴密的防範措施，仍未能塞住主流批評家的嘴。上海的批評家沒有說話，北京的批評家們卻在《人民日報》上發表批評文

〔註11〕羅洛：《瑣事雜憶──我所認識的胡風》，曉風主編《我與胡風：胡風事件三十七人回憶》，第775～776頁，寧夏人民出版社1993年版。

章，3 月 12 日《人民日報》發表陳湧的《論文藝與政治的關係——評阿壟的〈論傾向性〉》，3 月 19 日《人民日報》發表史篤的《反對歪曲和偽造馬列主義》，批評阿壟的《略論正面人物與反面人物》。

霎時，《起點》名揚全國，同時也陷於了十分困難的境地。

<h2 style="text-align:center">四</h2>

《起點》第 2 期出版之前，胡風已察覺到私營刊物的前景不容樂觀，有了見好就收的打算。

2 月 27 日他自上海給路翎去信道：「小刊，三期可出，以後怕困難了。三期應弄好點，盡力弄些稿子來。」3 月 9 日又給路翎去信：「小刊，連三聯也不賣了。在天津，甚至說是總店（北京）叫他們不要賣。新聞處和文藝處叫羅飛到新華去交涉查問，羅飛去了，他們要查明答覆云。我看，不會有結果的。還有書店問題，三期出完非停頓不可罷。我認為，第三期要出得好一點，留一個印象，但現在似乎一篇稿子也沒有。急望你們能寄幾篇來。」

為此，胡風親自出面廣約稿件。3 月 3 日他致信老朋友雷加，寫道：「友人弄的小刊，收到了否？他們希望你寄點什麼。」3 月 11 日致信路翎，催促道：「小刊，你要趕一篇來。我看，大概只有這一期了。」3 月 14 日又致信路翎，急催道：「小刊在等稿件。」3 月 15 日他甚至給已形疏遠的尚在廣西的舒蕪去信「望趕點小文章來」。

然而，儘管胡風在積極奔走，稿件也籌得差不多了，同人卻泄了氣。

4 月 8 日路翎給胡風去信，提到：「聽朱兄說，小刊三期不出了。那麼你那邊那短的，隨便給哪裏好了。〔註12〕」信中的「朱兄」指的是方然（朱聲），他沒有參加《起點》的編務，當是轉述其他人的話。由此可見，《起點》第 3 期「可出」而「不出」，事先並未徵求胡風、路翎等的意見，而是刊物編者的獨立決定。

事隔數月後，胡風在給張中曉的兩封信中談到《起點》第 3 期胎死腹中的主客觀原因，6 月 5 日的信中寫道：「《起點》，被打悶了（沒有書店敢印），不知能續出否？」7 月 12 日的信中寫道：「《起點》被封鎖不能發行，又遭『輿論』打擊，已壽終了。」

〔註12〕路翎給胡風信均引自曉風編《胡風路翎文學書簡》，安徽文藝出版社 1994 年版。

　　事實果真如此嗎？也不盡然。胡風 11 月 12 日家書中透露出新的信息：「刊物，他們願弄能弄，由他們弄去。你千萬不要加入，只可答應介紹稿子之類。他們弄，先開一個窗子看看也好。」從此信來看，當時的政治文化環境仍沒有完全封死私營文藝刊物的生存空間（「能弄」），羅飛、羅洛等人仍有繼續出刊的念頭（「願弄」），胡風也仍有藉此以觀文壇風向的打算（「開一個窗子」）。

　　概而言之，《起點》的創刊與終刊既與當年政治文化環境或寬鬆或嚴苛的變動有關，也與該刊同人或進取或畏縮的態度有關。

本文為國家社科基金後期資助項目（09FZW018）
《胡風家書疏證》的成果之一

史料在手，也得細讀，還須考證[註1]

　　在《新文學史料》2011 年第 2 期「編讀往來」上，曉風對筆者的《舒蕪胡風交往簡表》（下略為「簡表」）中幾個條目提出質疑，稱「不明白」筆者「究竟是如何」考證出來的。

　　「簡表」中所列諸條，均來自拙著《舒蕪胡風史證》（成稿於 2006 年，迄未出版）的相關部分。在《新文學史料》發表時，限於刊物篇幅，只列舉了考證結果，未陳述考證過程，曉風有疑，這是可以理解的。當然，身為「簡表」作者也不能推辭為讀者解惑的責任，為此將曉風有疑處的考證情況略述如下：

　　曉風的第一個有疑處：舒蕪初識胡風的時間是否在 1943 年 4 月？

　　「簡表」提出，「（一九四三年）4 月，路翎帶舒蕪去中華文協所在地張家花園看望胡風。」

　　曉風對此條有異議，她展示了胡風 1943 年 5 月 9 日日記中的記載：「路翎及其友人方管來，閒談至一道午飯後分手。……夜，聖木、路翎、方管來，雜談甚久。看方管之《論『體系』》。」肯定地說：這就是「舒蕪和胡風第一次見面的時間」。

　　她的判斷能否成立呢？不能。孤證不立。

　　根據相關人士的回憶，胡風全家於 3 月 27 日抵渝，重慶報紙隨即發布消息，路翎見報後的次日便帶著舒蕪去看望情兼師友的胡風，即是說，他們「第一次」看望胡風的時間當在 4 月初。曉風的判斷如果成立，他們「第一次」看望的時間則在胡風抵渝的一個半月後，無論從師生關係來看，還是從朋友關係來看，顯然都悖於情理。

〔註 1〕載《新文學史料》2011 年第 3 期。

根據路翎和胡風通信錄中透露的信息，他們在 5 月 9 日之前還見過好幾次面。路翎在 4 月 25 日致胡風信中寫道：「另卷寄上短篇……不知下鄉了沒有？」胡風當時暫住的地址，胡風打算把家遷往鄉下，這些信息非見過面不能得知。還有兩則旁證，5 月 13 日路翎自南溫泉給胡風去信，寫道：「這次看到你很快樂，說不出什麼理由。」談的正是 5 月 9 日攜友看望胡風的感受。5 月 27 日胡風自重慶覆信，寫道：「這次會見能有這結果，那就好了……（筆者略）這幾次，都沒有好好地閒談過，冤枉得很。」說的是「這次」與「這幾次」見面感受的區別。

根據如上史料，舒蕪初識胡風的時間不可能遲至 5 月 9 日，只能在 4 月間，即胡風給路翎信中所說的「這幾次」中的一次。

曉風的第二個有疑處：舒蕪撰寫《論主觀》時是否已經獲知南方局整風內情？

這裡涉及到筆者「簡表」中的兩條，「（一九四四年）1 月 4 日，胡風從喬冠華處得知『反郭文』未允在《群眾》上發表，即寫信通知舒蕪來重慶見面商議對策。見面後，胡風告之南方局整風及陳家康等人挨批評的詳情。」「2 月，舒蕪撰成論文《論主觀》，聲援為在整風運動中挨批的陳家康等人，文中對南方局整風結論進行了反駁。」

曉風認為這兩條都不能成立，她的依據還是：「查胡風日記，這年的 1 月全月，並無胡風與舒蕪見面的記載。」

她的判斷能否成立呢？也不能。胡風日記常有漏記事，凡讀過《胡風全集》第 10 卷（日記卷）者都會有這種體會。

要考證舒蕪撰寫《論主觀》時是否已經獲知南方局整風內情，不能不細讀舒蕪 1944 年 2 月 29 日致胡風信中的這一段：「關於陳君的問題而寫的《論主觀》已完成，兩萬多字。恐怕無處可送，只好大家看看的了。」信中「陳君」指陳家康，「陳君的問題」指陳家康在南方局整風中受批評事，「關於陳君的問題而寫的《論主觀》」則揭示了作者的創作動機及該文的鋒芒指向，「恐怕無處可送，只好大家看看的了」是表明深知該文的敏感性。舒蕪的這些信息是從哪裡來的呢？除了胡風之外無人可以提供，不見面也無法「告知」，其過程正如舒蕪在該信注四中的解釋：「陳家康等在內部受到批評，被迫檢討。胡風將這個情況告訴我，我就來寫《論主觀》，強調個性解放，支持陳家康他們。」

曉風的第三個有疑處：舒蕪撰寫《論中庸》之前是否已從胡風手中拿到一

份「南方局整風總結材料」？

這裡涉及到筆者「簡表」中的另外兩條，「3 月上旬，胡風約舒蕪來重慶見面，並讓他帶回一份南方局整風總結材料與路翎傳閱。」第四條「5 月初，舒蕪起筆撰寫《論主觀》的續篇《論中庸》，6 月完稿。該文針砭的觀點基本採自胡風給他的那份南方局整風總結材料。」

曉風認為這兩條也不能成立，根據是舒蕪承認 1996 年才讀到《董必武關於檢查新華日報群眾中原刊物錯誤的問題致周恩來和中宣部電》（1943 年 12 月 16 日），因而他不可能在撰寫《論中庸》（1944 年 6 月）「針對」董老電文中的觀點。

她的判斷能否成立呢？還是不能。因為她把「南方局整風總結材料」與董老電文搞混淆了。舒蕪當年讀到的是「總結材料」，晚年讀到的是董老電文，二者內容實有相通之處。

要考證舒蕪撰寫《論中庸》之前是否已經得到「南方局整風總結材料」，請細讀舒蕪 1944 年 3 月 13 日致胡風信中的這一段：「又因為近來所發生的那些文化問題，的確如你所說，需要重新根本想過。……（筆者略）而看了關於陳君的那文章，（回來後又細看了，嗣興也看了。）覺得真弄得一團糟，似乎總要有人來做這『重新想過』的事也。」1998 年舒蕪在《〈回歸「五四」〉後序》（修訂稿，收入《舒蕪集》第 8 卷）中解釋道：「所謂『關於陳君的那文章』，指批判陳家康的一份文件。」2006 年舒蕪在編注《舒蕪致胡風信》時又重新為該信作注，稱：「關於陳君的那文章，指內部批判陳家康等的會上的一份結論發言。當時陳家康等響應（其實是誤讀）延安整風而在重慶公開發表了《唯物論與唯「唯物思想」論》等一些文章，批評馬克思主義被教條化的種種傾向，受到延安的指責。延安認為他們沒有集中宣傳毛澤東思想，自作聰明地宣傳各自一套錯誤思想；而且在國民黨統治區內，只應該反對國民黨的反動思想，不需要公開進行馬克思主義內部的自我批評。陳家康等因此在內部受到批判。」說到底，「文件」也罷，「結論發言」也罷，指的都是董老在南方局整風總結會上的發言記錄，只是當年舒蕪並不清楚總結者是董老而已。

曉風的第四個有疑處：胡風是否在 1948 年 4 月初給舒蕪寄去邵荃麟文並囑其撰寫反擊文章？

這裡涉及到筆者「簡表」中一條，「（一九四八年）4 月初，胡風致信舒蕪，附寄《大眾文藝叢刊》第一輯《文藝的新方向》所載邵荃麟文（《對當前文藝

運動的意見》，囑其撰寫反擊文章」。

曉風認為這條也不成立，她斷定「此信即 4 月 15 日（而非 4 月初）胡風致舒蕪信」，還說胡風在該信中「不但毫無『囑其撰寫反擊文章』的意思，相反地，卻批評了舒蕪在《呼吸》上發表的論文《逃集體》。因此，我們仍然不明白吳永平是從何得出的這一結論」。

要考證「簡表」提到的「4 月初，胡風致信舒蕪」事，請先細讀舒蕪 1948 年 4 月 7 日給胡風的覆信，該信稱：「夾在包裹的木等的『公意』，看了。這個『才子』真是『才』得很！」原來，胡風於 4 月初給舒蕪寄了一個郵包，裏面夾著邵荃麟的文章（不是《大眾文藝叢刊》第一輯全書）和一封短信。該信雖已佚，但在舒蕪 4 月 7 日的覆信裏仍保留著它的蛛絲馬蹟，具有胡風語言風格的隱語「木等」、「公意」、「才子」等都可為佐證。還有旁證，胡風 4 月 15 日給舒蕪的信中有這樣一句：「上次似乎提到過，今天，與魯氏處境大不相同（以上曉風未錄，筆者注），應該把心情和態度推進一步，使任何問題成為自己的問題，即，不是站在對抗的地位，要自己覺得是自己的事情負責提起來。」「上次（信）」指的便是夾在郵包中的短信，除此信之外，之前的信中找不到有表述相近者。

要考證「簡表」提到的胡風囑舒蕪撰寫反擊文章事，可參看上引胡風信中「上次……」那一段，表述雖然有些晦澀，但至少舒蕪是看得懂的，他在 4 月 27 日的信中無疑而問：「你所謂『使任何問題為成自己的問題』，我想，該是爭取全面的主動的意思，不知是不是？」他為什麼故意裝得這麼遲鈍呢？在同信中也能找到答案，他先表達了對文壇亂戰狀態的不滿（批評同人的意氣用事），然後鄭重地向胡風提出建議：「<u>具體的批評是好的，可是還要展開，加深，提高；總之，還要有更強更豐富的思想性才好；那然後才不會被認為壇上相爭。</u>」（著重號是原有的）當年，舒蕪已萌退縮之意，雖明知胡風有「囑」，卻不願再遵「囑」作文。後續事說來複雜，在此不贅。

至於曉風所說胡風批評舒蕪《逃集體》事，其實另有背景。倘細讀過邵荃麟的《對當前文藝運動的意見》，當不會產生這樣的誤解。邵文中有這樣一段：「對抗著那些自然主義的傾向，便出現了所謂追求主觀精神的傾向。他們認為創作衰落的原因，是作家熱情的衰退，生命力的枯萎，缺乏向客觀突入的主觀精神，因此要求這種精神的加強，強調了文藝的生命力與作家個人的人格力量，強調了作品上內在精神世界的描繪。（以上批評胡風思想，筆者注）……

從這樣的基礎出發，便自然而然地流向於強調自我，拒絕集體，否定思惟的意義，宣布思想體系的滅亡，抹殺文藝的黨派性與階級性，反對藝術的直接政治效果（以上批評舒蕪理論，筆者注）；在創作上，就自然地走向個人主觀感受境界或個人內在精神世界底追求了。（以上批評路翎創作，筆者注）」讀懂了邵文，就會理解胡風批評舒蕪的《逃集體》實屬無奈之舉，也就會理解胡風告誡舒蕪「要自己覺得是自己的事情負責提起來」的真義是「自己的事，自己負責，自己解決」。

史料在手，也得細讀，還須考證，研究者就是這樣「痛並快樂著」。

2011/6/30

《泥土》全目及其他[註1]

　　《泥土》於 1947 年 4 月 15 日創刊於北平，不定期，各期頁碼不等，第 7 期出版於 1948 年 11 月 1 日，未見續出。該刊沒有「登記號」，也沒有「郵政特准認可」，似為「內部刊物」或「非法出版物」。

　　該刊前四期的「編輯者」和「發行者」均署為「泥土文藝社」，「總經售處」為「中外出版社北平分社」，地址為「西長安街甲二三號」。自第五期始，「編輯者」和「發行者」仍署「泥土文藝社」，無「總經售處」，增加了「通訊處：北大文學院、北平師院泥土文藝社」。但第七期「代郵（一）」聲明：「來稿請寄北平北大文學院文藝社」。可見其編輯部人員及所在地有過幾次變動。

　　據葉遙回憶：「那時（1947 年初）北師院學生運動中的積極分子、熱愛文學的同學，不滿足在校辦壁報，正醞釀籌辦一個綜合性的文藝小刊物，起名叫《泥土》。經費是校方發給每個同學的制服費，誰願參加誰拿出制服費，最初大約只有十幾人。我是熱心此事的人之一，後被推舉為刊物的主要編輯之一。我只參加編了最初兩輯，發表的稿子多為在校同學所寫，沒有稿費。我寫過四篇小稿，登在一、二、三輯。其他參加《泥土》的同學，也曾分別寫信或找過幾位教授和著名作家約稿，但來稿有限。[註2]」

　　又據朱谷懷回憶：「1947 年暑假，我參加了師大和北大一部分文藝青年自己集資出版的《泥土》文藝雜誌的編輯工作。提到《泥土》，須得多說幾句。它原來是師大一部分文藝青年自己辦的小刊物，出過三期，後來感到自己力量不夠，他們便想找些北大的學生來一起合辦。於是他們通過河南同鄉于承武

〔註 1〕 載《新文學史料》2011 年第 4 期。
〔註 2〕 葉遙：《我所記得的有關胡風冤案「第一批材料」及其他》，載 1997 年 11 月 29 日《文藝報》。

（原名于文烈）來徵求我的意見，因為當時我是北大文藝社的負責人。于承武也是北大文藝社的社員，中文系四年級學生。我們商量以後，便決定從北大文藝社裏拉幾個社員去幫師大的學生一齊合辦那個小刊物……因此，《泥土》從第四期起，篇幅便大了許多。我經手編了三期，畢業離校後就交給劉文（劉天文）和于承武等人繼續編下去。擴大後的《泥土》，發表了好些阿壟有關詩歌的批評論文，發表了路翎的一些小說和新詩，以及他用余林這個筆名寫的批評文章，全面地回答了香港友人的批評，十分引人注目。此外，《泥土》還發表了冀汸、羅洛、化鐵、石懷池等人的詩，在社會上引起不小的反響。〔註3〕」

綜上所述，《泥土》編輯者的變動情況大致為：前三期由北師院的幾位學生（葉遙等）編輯，第四期至第六期改由北師院與北大文學院的幾位學生（朱谷懷等）共同編輯，第七期則由北大文學院的學生（劉文、于承武等）編輯。

由於編輯者的變動，刊物的風格及撰稿人也有顯著的變化。前三期外稿約占十分之一，後四期外稿約占十分之九。後期撰稿人多為胡風同人，因此被外界看作是胡風同人刊物。

《起點》具有自己獨特的風格，如在封面上刊載木刻畫和「卷首詩」（第三、四兩期沒有），在「編後記」中對所刊稿件和讀者反饋作綜合評述（第一、三期沒有）。也有論者認為《起點》的編輯風格受胡風主編的《七月》、《希望》影響甚大。

該刊無發刊詞。前五期稱「輯」，後兩期稱「期」。

茲將各輯（期）卷首詩、目錄、稿約、編後記、代郵等與編輯實務有關的項目錄如下。筆者對若干作者、篇目作了注解。

第一輯　1947 年 4 月 15 日出版

卷首詩

老是把自己當作珍珠／就時時有怕被埋沒的痛苦／把自己當作泥土吧／讓眾人把你踩成一條道路——魯藜《泥土》

目錄

角落（詩集）……劉珈〔註4〕

〔註3〕朱谷懷：《往事歷歷在眼前》，載曉風主編《我與胡風：胡風事件三十七人回憶》641～642 頁，寧夏人民出版社 1993 年版。

〔註4〕收《角落》、《盲婦》、《洋車夫》、《「榮軍」》四首。

小兒語——紀念民國卅六年的貧苦的兒童節（詩）……陳伯吹

雞——革命的號手（詩）……海濤

夜村（詩）……履冰

短簡（詩）……嚴炎

小詩（詩）……嚴蓁

從「母愛」談起（雜文）……李薤〔註5〕

援古三論（雜文）……丁易〔註6〕

河（小說）……白矣

砍柴（小說）……慧子

訊問（小說）……柴霍夫作，任明譯

王鳳喜（小說）……蕾青

紅棗上市的時節（小說）……雷濤

替孩子們向中國作家請命——論「救救孩子」（論文）……蕭垠

泥土醒來了（散文）……石岩

昏暗裏（散文）……明天

手（散文）……姬蓬

夜讀隨筆（雜文）……雁棣

皇冠的故事（寓言）……東方風

《王貴與李香香》（新書評介）……未明〔註7〕

第二輯　1947 年 5 月 20 日出版

卷首詩

我驕傲／生活像風景／第一，走在陽光底蹤跡裏／第二，大聲說話／第三，寫著詩——綠原《自訴》

目錄

「五四文藝節紀念特輯」（以收到先後為序）……朱自清〔註8〕、冶秋、

〔註5〕李薤原名趙悔深，時任《新路》副刊編輯。

〔註6〕時為北平師範學院副教授。

〔註7〕張業松編《路翎批評文集》（珠海出版社 1998 年版）將該文收入，實誤。

〔註8〕時任清華大學教授、中文系主任。

荒蕪〔註9〕、劉鐵華〔註10〕、青苗〔註11〕、馬彥祥〔註12〕、揚帆、丁易

　　鞭子（詩）……芭林

　　無根草（詩）……劉珈

　　復仇篇（詩集）……嚴炎〔註13〕

　　四月天（詩）……小今

　　論五四精神（論文）……舒蕪

　　畫符齋雜記（隨筆）……青苗

　　築城（小說）……蕾青

　　鬥爭（小說）……瑞查德作，荒蕪譯

　　真月花（小說）……慧里

　　暗夜的火花（散文集）……姬蓬〔註14〕

　　「皮球」與「作家」（雜文）……勃弋

　　垮的日子（雜文）……蕭垠

　　「祿在其中矣」（雜文）……石岩

　　螳臂擋車（雜文）……于文來

　　投桃報李（雜文）……白矣

　　不同的兩個夢（雜文）……藜〔註15〕

　　呼吸（雜文）……嚴北岑〔註16〕

　　純潔戰鬥（通信）……G〔註17〕

稿約

1. 凡是文藝創作，皆所歡迎。

2. 最需要的，最好的是突擊性的短文。

3. 一切不真實的東西，不要寄來。

〔註 9〕原名李乃仁，筆名荒蕪、黃吾、葉芒等，作家、翻譯家。
〔註10〕別名王軍、劉流。時為《益世報》副刊主編。
〔註11〕原名姚雨霞，筆名青苗、桑泉等，時為北平《雪風》雜誌主編。
〔註12〕時任《新民報》副刊主編。
〔註13〕收《誓》、《再起程》兩首。
〔註14〕收《聲音》、《工作》、《想望》、《詩句》、《友情》、《呼喚》六首。
〔註15〕該篇未列入目錄。
〔註16〕該篇未列入目錄。
〔註17〕該篇未列入目錄。「G」似為方然。

4. 來稿請用有格紙，謄寫清楚為最好。

5. 地址—北平中外出版社轉泥土社。

編後記

再讀一遍我們自己出生的那些東西，竟連自己也覺幼稚可笑了，然而我們又覺得我們到底總還是在嚴肅的做點小事，且又有企圖，想在這小事中求點小進步，因此，縱幼稚可笑吧，我們卻並沒有因此退縮。

不用說，我們是窮苦的，甚至夏天來了，連穿衣也成著問題，但為了這刊物，我們除拿出自己的錢外，還發動募捐，這結果是第二輯得能和大家見面，自然是更是由於我們得到了大量的讀者友人的鼓勵和支持的原故，而物價又飛躍了，第三輯能否出來呢？真無法可想，所以謹向熱情的讀者們再呼籲：請幫助我們。

由許多本地和外方的讀者友人的來信上，我們得到不少的寶貴的批評，那便是內容整個的和現實不夠切合，這，我們承認而且接受，且確信這在工作的實踐中會克服。

在這低氣壓底，連最低限度的呼吸都被壟斷的日子裏，我們願藉這塊園地，希望有我們一樣的心的作者和讀者來，以有光就燃燒，有聲就叫的精神，給暴風雨之前的這天空，劃一閃電；給暴風雨之前的這土地，轟之以雷。我們想，這總是好事情吧！

最後要在這謝謝舒蕪先生。

第三輯　1947 年 7 月 25 日出版

目錄

〔註18〕該文曾載《呼吸》創刊號（1946 年 11 月 1 日出版）。
〔註19〕「CV」疑為舒蕪。

兩日記（日記）……北遙

讀《人生賦》散記（書評）……姬蓬

無花果（詩）……葉北岑

聲音（詩）……篝里

歌（詩）……嚴炎

逆流裏底文藝（論文）……勃弋

假若這是真的（詩）……方風

送別（詩）……小今

第四輯　1947 年 9 月 17 日出版

目錄

詩人一論（詩評）……阿壠〔註20〕

致約翰・克利斯朵夫（詩）……冀汸

城市的呼喊（詩集）……化鐵〔註21〕

工作（小詩小集）……朱谷懷〔註22〕

遭遇篇（詩）……劉珈

祝福・寫給牧青（詩），嚴炎

鋼底祈禱（詩）……卡爾桑德堡作，雷霆譯

文藝騙子沈從文和他的集團（論文）……初犢

從「飛碟」說到姚雪垠底歇斯底里（論文）……阿壠

路邊的談話（小說）……路翎

鳳仙花（小說）……路翎

希望（雜文集）……舒蕪〔註23〕

蟲魚書（雜文）……賈魴〔註24〕

墮落的戲，墮落的人——看《陞官圖》後的一點感想（論文）……杜古仇

一個色情的彩棚（論文）……灼人

〔註20〕收《冀汸片論》、《化鐵片論》兩篇。

〔註21〕收《暴風雨岸然轟轟而至》、《城市的呼喊》兩首。

〔註22〕收《活》、《默悼》、《工作》三首。

〔註23〕收《希望》、《不必高深》、《人的最大的責任》、《無神論》、《生命的辭受和取予》五篇。

〔註24〕「賈魴」疑為舒蕪筆名。

編後記

從這一期起打算振作一下。篇幅是增大了，內容上也和前幾期有了極大的不同。既然是要振作，我們就不免要對這渺小的工作寄予一些殷切的期望，希望這個小生命能成為真正給人一點熱力的東西，能燃起一些連我們包括在內的不甘孤寂的人們的工作熱情，也希望在這夜氣如磐的漆黑的日子裏結識更多的同道者來共同努力。

也是和以前不同的，這一期有了兩篇小說。兩篇寫的都是平凡的事件和平凡的人物，但那通過作者強大的批判活動所顯示出來的真實的生命的呼吸，洶湧的生命的波瀾，我們是不難從這裡面感覺出來的。長詩《城市的呼吸》，那是轟轟然的怒號，那呼喊那咀咒那叫笑，是強大而又雄辯的。《文藝騙子沈從文和他的集團》一文，是在快半年多前寫作的，個體的情形也許變了，但這些蛆蟲們的本性卻還是沒有變的。這裡所接觸到的權是這些蛆蟲們的本性的一面，實際是要複雜而微妙的。而且這裡的「集團」，有的僅是幾位所謂「小嘍囉」的人物，實際也決不止這些的。編好後回頭看看，覺得這期評論的文字是過重了一些，但也沒有辦法可想了。

那麼，就先這樣和讀者們相見了。

四七年九月十三日

第五輯目錄　1948 年 3 月 15 日出版

卷首詩

他們的文化已經喂了狗。／他們的美術做了商店的招牌；／他們的音樂只是在賣淫的酒席間演奏。／他們的科學只是殺人；／他們的哲學製造著戰爭。／他們的女人生著孩子；／他們的文藝被人強姦。／他們水手死在深山裏；他

〔註 25〕該篇未列入目錄。

們的兵士死在刑臺上。／他們的種田人沒有飯吃；／他們小孩子都做了強盜。……／他們元首哭泣；／他們底最後的時辰已經到了。──化鐵《他們的文化》

目錄

編後記

從第四輯到這一輯，足足拖了一個學期又一個假期。這原因，不打算在這裡說什麼了。相信只要明白「泥土」是幾個學校裏面的一些學生，用從公費裏面擠下來的錢，利用課餘的時間來辦它的事實以後，讀者就會完全理解這一點

〔註26〕收《駱駝》、《命運》、《明天》三首。

〔註27〕朱谷懷在《往事歷歷在眼前》中誤以為「石池」即是「石懷池」。石懷池是復旦邊渝期間的學生，曾為《希望》撰稿，於 1945 年 7 月 20 日因渡船傾覆溺死於嘉陵江。而「石池」解放後仍與胡風有通信來往，胡風日記 1950 年 4 月 29 日有「得石池信」的記載。周燕芬在《希望終刊後胡風同人的社團活動》一文（《待讀驚天動地詩──復旦師生論七月派作家》，安徽教育出版社 2008 年）中沿襲了朱谷懷的這個誤判。

的。

　　第四輯裏面，因為發表了幾篇偶而湊在一起的我們自己底類似評論的文字，引起無數的責難。這後果我們是多少預先想得到的，但像這半年來所表現的那麼樣儼乎其然的煞有介事的情形，又確實是出乎我們意料的。特別是關於《陞官圖》的那兩篇，更是受盡了笑罵。首先是馬彥祥主編的新民報底《天橋》上，一連登了五六天罵街式的文字，編者還跳了出來，說那兩位作者心理變態和完全不懂戲劇，接著就有了許多謠言，有了喊喊嚓嚓的屑小式的什麼「反攻」或「圍攻」的理論，旋即就看到了臧克家主編的《詩創造》裏面的「懷著傷蔑的暗箭」的「後記」，不久又有了陳白塵底勸「泥土」改請葉青提字底建議，同時著名的吹捧批評家許傑便大叫「批評的混亂」，那位慣於依老賣老的、才子流氓玄學家三位一體的無條件反射論者還下結論說「泥土」是托派底刊物。這五光十色的情形，是我們完全沒有料想到的，也似乎在學校裏面的單純的人們底想像以外的。但事實既然是這樣了，我們也就有解釋幾句的必要。這樣做只是為了普通的讀者，因為我們知道這老實的解釋對於那些威武的英雄們是不會有半點用處的。

　　在第四輯集稿以前，泥土社曾經開過一次全體會議，決定要增加篇幅，並多採用一些批評的文字。但那時候所得到的也不過一二篇從壁報上抄下來的和轉用一個在北方沒有機會看到的刊物上的文字。以後《陞官圖》上演，演出委員會宣傳部底負責人，約了幾位北大的學生寫些介紹文字，預備拿到演出特刊上去發表。泥土上的兩篇就是這樣的遵約寫下的將自己底真誠的感受寫了出來。這自然要煞演出的風景，結果沒有能採用，以後泥土集稿，才轉到了泥土上來。雖然言辭激烈，但我們以為總是要比那些肉麻的說謊的批評要好得多的，因此就發表了。其實持這樣的意見的何嘗只是他們兩位，戲聯裏面就有不少的人。以後北平報刊上也出現過批評《陞官圖》色情的文字，北大的一個文藝團體由於這件事還特別開過一次討論會，討論怎樣肅清像《陞官圖》一類的色情的低級趣味的作品。

　　事情就是那麼樣簡單，我們底文壇上的名流前輩，不唯對目下日漸趨於墮落的文藝現象，和真誠的青年對這現象的憤懣情緒視若無睹，反而要費盡力勢來壓殺這樣一個不足道的小刊物和它底同類。年青人當不是你們底恫嚇所能嚇倒，但我們底文藝界毫無疑問將因你們的態度更趨於卑俗呵！戰鬥過來的人們和那些仍在戰鬥中的人們，那些先走了一步的前輩們，你們是為誰

而工作為什麼而戰鬥的？我們要問問你們！你們底熱情是不是扔到糞坑裏去了！──這不是過火的危言聳聽的話，這是從我們痛苦的熱情上碰擊出來的聲音。

至於這一期的內容，再也沒有什麼可說的了。我們自己底，大部都只是一種習作，大概是幼稚而又可笑的。批評少了，不是因為我們受了笑罵，而是我們沒有做出什麼來。我們底同人，原就是很不固定的，以前的許多朋友又到了更艱苦工作的地方去了，現在能有這樣的篇幅，還算是並不容易做到的。但對於這方面的文字，也不是完全沒有，而且依然是很痛烈的。

長詩《致中國》，據來信是四年前寫好未發表的，現在發表了它，因為它和剛寫的並沒有兩樣。這雖然讀起來不太像詩，而其實它是要比目前許多掛著詩字底金招牌的「詩」要好得多的。作者底對祖國的痛苦和希望，其實也就是我們這時代底人民底痛苦和希望。

這不像是後記，但相信讀者們是決不會計較這一些的。那麼，如果還有機會，就讓我們以後再見。握手！

四八、三、六

第六期目錄　1948 年 7 月 20 日出版

卷首詩

我愛表／深夜裏／我把表攤在桌上／開始工作／時間底馬蹄／一刻不停地扣打著／我工作底馬蹄／追隨著前進／我愛表／我懷念著哥哥／我知道／哥哥到了一個艱苦工作的世界／所以我也／艱苦地工作／哥哥走了／音訊斷絕／表／聯繫著哥哥和我／聯繫著兩個工作的世界──牧青《表》

目錄

─────────────

〔註28〕「余林」為路翎的筆名。
〔註29〕「胡笳」疑為方然的筆名。

一個套管的問題（小說）……孔翔〔註30〕

夥伴（小說）……鍾直

我知道風底方向（詩集）……羅洛〔註31〕

散詩小集（詩）……田文〔註32〕

給醉酒的人（詩）……周霈

彩色的生活（長詩）……牛漢

向生活凝視（論文）……舒蕪

空談及其他（論文）……孔翔

羅曼羅蘭：一個誠實的博採主義者（論文）……Wornet Ilberg 作，張卷譯

編後記

這是由於一個不甘寂寞的心情和一點虔誠的工作願望，我們終於克服了種種困難，又把這一份薄薄的《泥土》送給讀者了。當大家均感於精神上極度饑渴的時候，能有美味的滋養的物品，是值得歡喜的，但今天我們還只能送出現在的這一份。

正如我們底刊名所顯示的：在浩漫的世界中，我們也只是小小的一撮泥土。這是一個渺小而平凡的存在，但卻是和大地本身結為一體的存在。今天我們底國土凝著血污和淚滴，活在這土地上的我們底聲音，便也不得不混合著血和淚。能有英雄們或預言家底本領，高站在雲端，俯視眾生和塵世的萬事萬物，或專門施布福音，預言天國降臨底消息，自是極值得羨慕的，但這也只是英雄和預言家底大業，決非我輩凡人所能為力的。地獄自然要通向天堂，但卻並非不通過痛苦的試煉或淨化的過程就能達到的。因此，在這薄薄的一本裏面，雖然也可以聽到歡樂的歌聲，但更多的卻是帶著血淚的痛苦的搏鬥經驗。

《論文藝創作底幾個基本問題》所討論的雖只是一些文藝創作上的基本問題，但在目前的情形下，對於中國文藝現狀的理解，卻有極大的幫助，作者是認真地用了力的，希望讀者也不要輕易放過，最好能和被批判的文章對照起來一齊讀。這不僅是為了自己，更要緊的也是為了中國新文藝的前進。小說《饑渴的士兵》，描繪出一個受難者底活躍的形象，展開了一幅痛苦、飢餓、受難、

〔註30〕「孔翔」為朱谷懷的筆名。

〔註31〕收《我知道風底方向》、《我們在成長》、《在荊棘上》三首。

〔註32〕收《送行》、《寄》、《不眠的夜》、《天真的說謊者》、《旗幟》五首。「田文」即劉文（劉天文）。

追求、友愛、夢想……交織成的美麗的畫面。然而饑渴於人慾，友誼，鄉土和愛的兵士沈德根卻終於在遭受欺騙、壓迫、凌辱、輕蔑等等不幸的命運以後，在和他有著同樣命運的善良的「鄉人底沉重的寂靜中」，奉獻出了自己底生命。對於那些虛偽的浮淺的樂觀主義者，只會發號施令的自大將軍，拉到一塊老虎皮就以為能嚇唬一切的高士們，這大概不能不是有效的一擊或一有力的諷刺的吧。長詩《彩色的生活》，是一曲痛苦和歡樂的大交響樂，沉重而豪壯地迴響在中國。關於羅蘭的翻譯，是特別託一位同學匆促地譯出來的。由於學識和能力的限制，難免有疏忽或錯誤的地方，如有認真的讀者肯給予指正，當是非常感激的。正文後面譯者附有詳細的長到一千多字的注釋，但因篇幅關係，不得不把它割去了。這是要特別向譯者和讀者致歉的。這只是譯出來給關心羅蘭的人做參考，並非有什麼特別的意思。而且正如文中提到的盧那卡爾斯基給羅蘭信中所說，現在發表了它，這並非說我們就「贊成」其中「所寫的全部」。但不管怎樣，這總是可以作為理解羅蘭的一點參考。

正如一位詩人所說的，歷史不能裝在西裝口袋裏帶到「海外」，中國和中國人民也無可逃循，今天「剛健者猶困鬥著」，那麼，就願這本薄薄的東西能傳到那些堅貞不屈的「剛健者」底手中，作為對他們底「困鬥」的一聲友誼的問訊和真誠的祝福吧。

一九四八，七，十四

第七期目錄　1948 年 11 月 1 日出版

卷首詩

對著燈默默地敬奠這些蒼翠精緻的英雄——魯迅

箭，射向靶／你，射向火／小河／奔突、衝撞、搏擊／追求海／你／奔突、衝撞、搏擊／擁抱火……／死了／那麼殘酷／又那麼寧靜／死了／甘心瞑目：／死於追求／死於理想……——牧青《默悼幾個捕火者底死》

目錄

編後記

從本刊第六期到這一期，差不多將有三個月了。這一期本來要在十月初出版的，但因經費困難，就拖到了現在。好在我們底經濟，時間和能力，都有很大的限制，現在終於把這期獻給了讀者，關心這個小刊的人們，又可從這裡聽到一些（不論是怎樣的微弱罷）聲音了。

在本刊第六期發表了幾篇關於當前文藝問題底文字後，由於看法底差異，曾經招致了一些批評，其中最多的是說」態度「不好。我們不知道「態度」究竟如何才能符合標準，我們只是認真地說出了應該說的話，為了文藝，也為了自己。最近看到第四期《大眾文藝》底編後記，竟以一半的篇幅枚舉了《泥土》

〔註33〕收《笑著的》、《送行》、《活在這地帶》三首。

〔註34〕收《愛》、《S同志》、《歌》、《梵亞鈴》、《春天》、《石像》六首。

〔註35〕「徐舞」為舒蕪的筆名。

〔註36〕「許無」為舒蕪的筆名。

〔註37〕本文為反駁適夷《虛偽的幻象》（載《小說》第3期）而作。

〔註38〕「懷潮」為阿壟的筆名。篇末有附注：「本文為《藝術與政治》底第三章，第二章論人民底自覺性和第四章論路翎的小說將在別的刊物發表，請互相參看。作者九月二十一日。」第二章和第四章後載於《螞蟻小集》。

底罪狀，除去仍以「態度」為對象的攻擊外，最厲害的是說我們「自命為馬列主義者」，但卻「遠離以至背叛了馬列主義」。我們要回答的是，我們並不高懸招牌，而自命為「馬列主義者」，我們只是在這塊土地上生活著，感受著，而且也希望著在生活中通過我們自己底消化，去學習和理解進步的國際理論，我們始終認為馬列主義在過去既不是，現在和將來也永遠不會是可以任意販賣的商品，或者脫離實踐，把它被視為教義和公式，牛頭不對馬嘴地搬用的。這似乎已經是常識範圍內的事了。

也是在實踐底要求上，我們將這期獻給了讀者，《論飄飄然》說明了這個被魯迅所提出的古國國民性格底產生，揭露了至今尚在的各種樣式的奴才主義，在檢討自己，在求友和尋仇上，這篇文字或將不致落空的吧。《內容別論》是對朱光潛們藝術理論底批判，正如作者所說，這是反動者在藝術思想上最後最有力的陣地，我們是必須勝利地奪取過來的。在這一環思想鬥爭被忽視的今天，作者是首先舉起了旗幟，而且出發了有效的進軍的。我們希望著在這類工作上能有更多的人參加進來。《論小資產階級》則在深廣的社會基礎上和實踐要求上闡述了這個目前為我們所關心的問題，對於只會企圖牽著我們鼻子走的空談家底機械的理論，將是一個鮮明的對照和有力的駁斥，對於我們自己也可更真實地執著「改造」底道路的。

在創作方面，《在碼頭上》和《法律》展開了兩個世界，前者是覺醒了的新興階級底平凡而真實的向心力和反抗力底痛苦的雄壯的合奏；後者則刻畫了一個天真地糊塗的知識分子，雖然只是一個輪廓的速寫，但從它我們還是看到了某種落後區域的知識分子底形象的，不過作者在最後用那事件顯示人物底轉變的企圖，我們認為是無力而牽強。詩及其他，不用多說了。

最後，這期本有一篇舒蕪先生底長文，是對一些生活二元論者的批判，因為修改來不及登載了，對作者讀者，我們都要表示歉意。〔註39〕

一九四八、十，二十五

代郵（一）

各地的讀者們：在文藝顯得荒涼的今天，這個小刊底存在，不論我們的成績如何，總是可以作為一個戰鬥底陣地的。但是由於我們底能力有限，還沒有做到很好的地步。為了使它活得健壯結實，能夠配合整個的大的戰鬥，我們竭

〔註39〕舒蕪的《論生活二元論》，後載於歐陽莊主編的《螞蟻小集》。

誠歡迎大家底作品。這裡沒有什麼標準，只要是從真實的生活得來，並且又曾被生活檢查過的事實底各種形式的創作，我們都一律歡迎。

來稿請寄北平北大文學院文藝社。

泥土文藝社

代郵（二）

上海育才學校陳節卜梁二君：譯詩與詩因故未能刊登，希繼續賜稿。

重慶羅飛君：詩集收到，其中一部分將於本刊下期刊載，並希不斷賜稿。

郭沫若勸胡風去西藏還是朝鮮？ [註1]

　　幾年前，筆者有幸讀到一篇妙文，由於該文題目過於古怪——《「我看你還是要求到西藏去吧」——郭沫若與批判胡風運動》——所以印象特深。該文作者在文中摘引了梅志《胡風傳》中的一段文字：「（胡風 1952 年 7 月奉命進京期間，）他拜訪了一些相識較長相知較深的朋友，對他這次應召來京，都有不同的看法和不同的好言相告，也有漠然視之的。只有訪問郭沫若副總理是個例外。郭還像過去在賴家橋時一樣親切，胡風謙虛地說，這次是來接受批評的，希望他提出寶貴意見。郭主任（過去的稱呼）很懇切地對他說，這是理論問題，一時搞不清楚，我看你還是要求到西藏去吧。當時，胡風只是當笑話聽的，但照後來的發展情況看，郭的話真是說到點子上了。」接著，該文作者便推斷道：「如果當時胡風照郭沫若的指點去做，或許能躲過劫難。」

　　還依稀記得當初讀過這篇論文的印象，總覺得梅志的回憶及該文作者的推斷都不太靠譜：西藏和平解放之初最緊迫的工作是民主改革，短期內絕無開展新文學運動的條件，郭沫若讓胡風拿什麼理由向中央提出「要求到西藏去」？再說，西藏已經和平解放，政令一統，輿論一律，該文作者有什麼根據推斷那兒便是胡風避災免禍的樂土？

　　該論文發表一年後，《胡風家書》面世，胡風當年拜訪郭沫若的歷史場景也因之浮出水面。胡風在 1952 年 7 月 30 日的家書中寫得很清楚：「昨天下午去看郭副總理，談得很親熱。他是，除了出出場，是沒有什麼事的。他勸我，沉下去，到朝鮮或工廠，寫出作品來，云。但這哪能做得到？」

〔註 1〕載 2011 年 7 月 24 日《南方都市報》。

至此，「我看你還是要求到西藏去吧」的真相大白於天下。

說穿了，這只是一件以訛傳訛的小事。梅志撰寫《胡風傳》時已逾七旬高齡，記憶力難免衰退，把「朝鮮」誤記為「西藏」，情有可原；妙文的作者誤信他人的誤記，憑孤證立論，則理當自責。

學術界「以訛傳訛」的事情還有木有？

所謂「魯門弟子」對巴金的圍攻〔註1〕

在國家圖書館查閱舊報刊，意外地在 1947 年 3 月 2 日《時代日報》「文化版」上讀到署名「記者」的一篇記錄稿，題為《所謂「魯門弟子」——許廣平先生的談話》，文章不長，全錄如下：

> 現在文藝工作者中間，在相互批判的時候，時常喜歡把魯迅先生提出來，不管是善意的或牽強的，因此替自己辯解也好，或有時會說某人是「魯門弟子」也好，其實在魯迅本身之外，也許無意中加了主觀的成分了。這是完全錯誤的，魯迅先生活著時決沒有什麼「門」「幫」「黨」的活動存在。人們只要認為魯迅先生的文藝路線是正確的，先生當然不拒絕他走同樣的路，這完全是個人的思想和自己的選擇，而魯迅先生是始終走他為人生的道路的。

> 只要不是敵人，幫閒，或者是笑裏藏刀的幫兇，都應該團結起來。要是有人抱守成見以為誰是「魯門弟子」或不是，非但使魯迅死後的責任越負越重，而且把中國的新文藝侷限於一個人身上，使大家往牛角尖裏鑽，也未必是妥當的。目前迫切需要把整個文藝界澄清一下，拋棄這種拘泥成見。

> 魯迅先生是對事而不是對人的，你走的文學道路是對的，他鼓勵你，你錯了，當然要批評你，根本就談不到「仇恨」。魯迅先生的啟示——是公道，是正義。

由於該文全是許廣平的「談話」，沒有摻雜「記者」的片言隻語，應視為

〔註1〕載 2011 年 11 月 20 日《南方都市報》。

她公開發表的意見；又由於該文未被收入許廣平的任何作品結集，或可視為她的佚文。

許廣平在「談話」中對當時文藝論爭中出現的不良傾向提出批評。她認為，不管是誰都不應該在論爭時引用魯迅的言論來進行攻訐或自辯，更不應該以誰是或誰不是「魯門弟子」來判斷是非；她提出，魯迅生前未曾以「門（派）」進行活動，當年既沒有所謂「魯門弟子」，現在當然更不會有，任何人自稱或被稱都屬一廂情願的僭越；她且認為，魯迅死後其肩負的責任已了，當下無論何人企圖以「魯門弟子」劃分陣營都屬淆亂文壇的冒犯；她呼籲，文藝工作者應該拋棄門派成見，「團結起來」一致對敵；她還希望，論爭的雙方都應效法魯迅的戰鬥風格，惟「公道」和「正義」是求，且「對事不對人」。

她的這番「談話」有著明確的針對性——當年上海文壇上剛冒出了僭用高爾基、魯迅言論攻訐巴金的苗頭。

據徐開壘介紹：「1947年1月，上海的幾家進步報紙還不曾被查封之前，有一位署名『莫名奇』的忽然在《新民報》晚刊副刊（『夜光杯』，筆者注）上連續發表兩篇文章，指責巴金，說『用高爾基的話，那些新傷感主義的作家是應該捉來弔死的』。而《聯合晚報》的另一個作者（耿庸，筆者注）則在副刊（『夕拾』，筆者注）上發表一篇題目叫《從生活的洞口……》的文章，對這種論調進行附和，說它罵得『很痛快』，還說：「但其實不必這麼憤慨的。這些作家用魯迅先生的話：做戲的虛無黨罷了。既不敢明目地賣身投靠，又不敢面對鮮血淋漓的現實，『哎喲喲，黎明，』這就是一切。」（徐開壘：《巴金傳》，上海文藝出版社2006年版，第354～355頁）

高爾基生前是否曾聲稱要「弔死」與之不同流派的作家，於史無徵，不欲深究；但魯迅生前曾稱讚巴金「是一個有熱情的有進步思想的作家，在屈指可數的好作家之列的作家」，並曾為巴金的政治信仰作辯護，「難道連西班牙的『安那其』的破壞革命，也要巴金負責」，卻是見諸文字的史實（《答徐懋庸並關於抗日統一戰線問題》）。

巴金當時正在上海，但他沒有看到莫名奇的文章，只是從朋友的轉述中獲知其文「所舉出的罪狀」；待到讀到耿庸的大作時，才知道自己正「在受審判」。1月28日，他在《大公報》副刊「文藝」上發表《寒夜·題記》（後改為《寒夜·後記》），對這些不負責任的指責進行了回擊，稱：「我應該向《夜光杯》和《夕拾》的編者們道賀，因為在爭取自由，爭取民主的時代中，他們的副刊

上首先提出來弔死叫喚黎明的散文作家（或者不叫喚黎明的作家以及所謂『新傷感主義的散文作家』）的自由。這樣的『自由』連希特勒、墨索里尼甚至最無恥的宣傳家戈培爾之流也不敢公然主張的。」

巴金沒有追究「莫名奇」、耿庸僭用高爾基、魯迅言論的責任，這是他心存仁厚的表現；但《文匯報》副刊「筆會」的主編唐弢就沒有這麼客氣了，2月 19 日他在該報發表短文《舉一個例》，點名批評莫名奇、耿庸「挾高爾基（魯迅）以自霸」的文風，並指出：「自然，（這種）手段是巧妙的，但要留心的是自己的背景，倘使挺得直，正不必自附於高明的。」還指出：「但要進步，必須摒除宗派，建立真正的批評，不分敵友，逢人狂吠，即使滿嘴『進步』，也無非信口胡說。」

事情還沒有完。3 月 17 日，耿庸又在《文匯報》副刊「新文藝」上發表《略說不安──兼致唐弢君》，申辯道：「為了抗擊蔚然成風的一些作品裏的墮落傾向，曾寫了兩篇小雜文，招來了巴金先生及唐弢之流的不著邊際的謾罵。」他認為唐弢文中「背景」云云有弦外之音，於是又寫道：「還聽說，有精神頗不康健的先生說，我寫的雜文是受胡風先生指使的。」接著便鄭重聲明：「我說的話，就只是我要說的。」

實際上，胡風和他的青年朋友們對巴金其人其文早有不滿，幾年前就曾打算在《希望》雜誌上對其進行公開批判，《胡風路翎文學書簡》（安徽文藝出版社 1994 年版）中有兩封書信可資佐證──

1945 年 1 月 12 日路翎在致胡風的信中寫道：「谷兄：寄上書評一篇。……這篇書評，有欲言未盡處。主要的是關於巴金底『文化情調』的一面。我以為這都是粉飾市儈的，有人會以為求之太高的罷，然而不！」同月 17 日胡風覆信道：「嗣興兄：書評，好的。應該這樣，也非這樣不可。但我在躊躇，至少第二期暫不能出現。……近半年來，官方是以爭取巴、曹為最大的事。這一發表，就大有陷於許褚戰法的可能，讓金聖歎之流做眉批冷笑當然無所謂，怕還會弄出別的問題。」（省略處為筆者刪）

筆者查閱了《希望》雜誌，未找到路翎批評巴金的文字，看來至遲在該雜誌停刊（1946 年 10 月 18 日）之前胡風仍認為公開批評巴金的時機尚未成熟。由此推斷，耿庸稱他的文章未經胡風授意，大抵是可信的。

《時代日報》「記者」對許廣平的採訪就在這場論爭的節骨眼上，許廣平「談話」的傾向性是顯而易見的。

　　巴金是幸運的，現代文學史上幾次圍繞著他的論爭都驟起驟落。1936 年徐懋庸要把他推到「反動」的一邊去，有魯迅出來仗義執言；1945 年路翎決意抨擊他的「文化情調」，有胡風出來說時機不對；1947 年耿庸等叫囂要把他「弔死」，又有《時代日報》和許廣平等出來打抱不平。

　　巴金又是不幸的，其後胡風的青年朋友們仍然不想放過他。3 月 24 日，郭沫若在《文匯報》副刊「新文藝」上發表《想起了斫櫻桃樹的故事》，企圖調解唐弢、耿庸等因巴金而起的爭端。4 月初，冀汸給郭沫若去信「轟了一頓」；4 月 3 日，路翎在給胡風的信中痛罵「那老頭子的櫻桃樹之類的王八蛋文章」；同月底，羅洛作詩《英雄頌》，嘲笑唐弢、郭沫若等「維護糞土的偶像，板著面孔證明櫻桃樹以及櫻桃蟲底文藝價格」（《天堂的地板》，重慶自生書店 1937 年 8 月版）。當然，這些都是後話了。

胡風從未自稱「魯迅門人」[註1]

〔導讀〕胡風說得很清楚：當年他放棄清華而就讀北大預科並
不是由於聽說魯迅在北大有課，而是出於對「新文化聖地」的嚮往；
進了北大之後，他「感到很失望。

近來，有些文人一提到胡風，便熱衷於給他戴上「魯迅弟子」甚至「大弟
子」的桂冠，似乎不如此不足以表達對他的敬意，卻不知這番好意並不是胡風
所樂於領受的。

1942 年胡風曾就小報《良心話》誣其「附逆」事寫過一篇辯白文章，文
中憤怒地指出：

首先，它一開口就咬定我「自稱魯迅門人」。自魯迅先生死後，
有些小報常常陰險地說我是魯迅的「弟子」甚至「大弟子」，但咬定
為這樣「自稱」的，似乎這還是第一次。但我究竟在什麼時候，什
麼地方，向誰這樣「自稱」過呢？不用說，對於新文化和我們這一
輩以及以下的千千萬萬的文化工作者，魯迅先生是開路者和哺養者，
但我不但不至卑鄙到想盜取一個「門人」或「弟子」之類的莫名其
妙的頭銜，而且因為不願給那些鄉下小女人似的文士們添加喊喊喳
喳的材料，無論在他的生前或死後，我總竭力避免提到我和先生之
間的交遊關係，立意了幾年的一篇回憶記終於還沒有著筆，一半也
是因為這一點顧慮。而且我知道，在先生自己，雖然不惜用血液哺
養年輕的一代，但卻非常討厭別人稱他為「師」的，記得當他收到

〔註 1〕載 2011 年 11 月 24 日《南方都市報》。

正在編輯××雜誌的青年作家×××用「迅師」稱呼起頭的信的時
候，他冷笑了一聲，說：

——哼，突然地「師」起來了，過兩天會改成「迅兄」，再過兩
天再不給他稿子，就會改成「魯迅你這混蛋」的。「迅師」，不知道
他在什麼學校聽過我的講義！〔註2〕

在胡風看來，那些說他是魯迅的「弟子」甚至「大弟子」的人大都沒有安
什麼好心：一是為了栽贓，把那個與他並不相干的「莫名其妙的頭銜」硬塞過
來，如果不站出來否認，便可以坐實其「盜取」的罪名；二是藉此攻擊魯迅先
生，「自稱魯迅門人」的某人竟幹出了這樣的事，可見魯迅並無知人之明。胡
風的態度很明確，他從未這樣「自稱」過，也不以為這「頭銜」有何特殊的榮
耀，他只承認自己與魯迅先生有過「交遊關係」，是先生「用血液哺養」的一
代人中的一個。而且，他還清楚地知道，魯迅先生根本就不認可那些妄自攀附
的「私淑弟子」，只認可那些在學校註冊登記並購買了「講義」的「授業弟子」。

如今，還能記起胡風這番辯白的人似乎已經不多了。

不管是有意還是無意，今天仍然有些文人熱衷於給胡風「栽贓」，趙朕和
王一心大概是走得最遠的，他們在合著的《文化人的人情脈絡》（團結出版社
2009 年版）一書中不僅「咬定」胡風是魯迅的「門生」，而且大膽地偽造歷史，
刻意地要把胡風重新塑造成魯迅執教北大期間的「授業弟子」。該書「師生」
篇第 15 節小標題為「關係密切的得意門生：魯迅與胡風」，其中有這樣幾句：

1925 年的 9 月，胡風本來考取了清華大學英文系，可是當他聽
說魯迅在北京大學教書的消息，就放棄了清華的學籍，而進入北大
預科讀書。在北大，魯迅每週有兩個小時的《中國小說史》的課，
這兩個小時成了胡風最喜歡的課。（第 190 頁）

凡讀過胡風《魯迅先生》〔註3〕一文的人都知道，趙、王的上述描寫來自
對該文下面幾段文字的惡意改篡。胡風是這樣寫的：

1925 年秋，我進了北京大學預科。當時，我也考取了清華大學
英文系文科一年級。但為了嚮往北大才是以魯迅為中心的新文化聖

─────────────

〔註2〕 引自《死人復活的時候》，初載《山水文藝叢刊》第 1 輯《死人復活的時候》，
桂林遠方書店 1942 年版；收入《胡風全集》第 3 卷，湖北人民出版社 1999 年
版，第 121～129 頁。

〔註3〕 初載《新文學史料》1993 年第 1 期，收入《胡風全集》第 6 卷，第 57～58 頁。

地，我寧願損失兩年而進了它的預科……

　　進了北大以後，感到很失望。原來，北大課程並沒有什麼新文
化新文學，依然是國學概論、國文以及基礎課程。預科有英文，教
員是翻譯易卜生作品的潘家洵，但教材依然是司各德（？）的一部
寫牧師的小說，不但不是革命的，而且還不是現代的。還知道，本
科也沒有新文化新文學的課程。魯迅是有課程的，但也只是每週兩
小時的中國小說史。

　　在這種失望的情緒下，和同學朱企霞去旁聽了他的一堂中國小
說史，目的只是想看看他。濃髮，平頭，黑黑的一字鬍鬚，長袍馬
褂，記不得是不是穿的陳嘉庚鞋。這一課恰恰講的是他在文章裏寫
過的內容。才子和佳人相愛了，但有一個不才子從中搗亂，幸而才
子中了狀元，終於奉旨結婚和佳人團圓了。聲音是悠悠不迫的，學
生中偶有笑聲，但他自己並不笑。是一貫的反對虛偽的態度。就只
聽了這一堂課，算是感情上得到了一次滿足。想都沒有想過去旁聽
胡適、周作人的課。

　　胡風說得很清楚：當年他放棄清華而就讀北大預科並不是由於聽說魯迅
在北大有課，而是出於對「新文化聖地」的嚮往；進了北大之後，他「感到很
失望」，這種情緒不僅與得知預科和本科課程中都「沒有什麼新文化新文學」
有關，也與得知魯迅先生為本科開的課程「也只是每週兩小時的中國小說史」
有關；「在這種失望的情緒下」，他和同學去「旁聽」了先生的一堂課，雖然未
覺得有甚新意，但從「感情上得到了一次滿足」。

　　然而，胡風當年並無興趣的這門課，在趙、王的筆下竟變成了他「最喜歡
的課」；當年「旁聽」過的「這一堂課」，在趙、王的筆下竟變成了他「每週兩
小時」的精神盛宴。趙、王為了把胡風重新塑造為魯迅先生的「授業弟子」，
竟然罔顧史實，好大的膽量，好大的本事！我不禁要問，為何非要將僅與魯迅
先生有過「交遊關係」的胡風塑造為與其「關係密切的得意門生」呢？難道非
要派定給他一個「盜取」的罪名才肯罷手麼？

　　實際上，認知偉人是需要時間的，是不是「弟子」都概莫能外。

　　胡風對魯迅的認知也不是一次完成的，而是有著一個相當曲折的過程。就
筆者所知：1927 年前後，他最愛讀的文學作品並不是魯迅的小說集《吶喊》，
而是周作人的譯詩集《陀螺》；1928 年前後，他尚認為「魯迅作品的流行我以

為並不在他作品裏所表現的什麼而在他的『滑稽』」；1931 年前後，他指出：「魯迅主觀上是共產主義者，而客觀上是無政府主義者，這是不可動搖的事實」；1932 年前後，他的認識發生了變化，提出：「他（指魯迅）不管是在創作方面，談感想方面，還是××方面，都一直毫不屈服地同封建勢力進行鬥爭。他以對黑暗勢力進行頑強戰鬥的精神，廉潔的個人生活和一定的藝術高度集全中國知識分子尊敬於一身。當然，他是個人道主義者，不是共產主義者，但是，他總是對解放運動抱有強烈的同情心並努力去接近。」

換句話說，1933 年之前，胡風對魯迅的認知過程明顯呈現出由低而高的軌跡，不管其內驅力是什麼，都與 1926 年在北大讀書的那段經歷沒有多大關係。

2012 年

張業松編《路翎批評文集》之誤植 〔註1〕

　　張業松編《路翎批評文集》，珠海出版社 1998 年版。該書共分六輯。第一輯：外國文學評論；第二輯：當代文學評論；第三輯：文學（文化）論爭；第四輯：創作日記；第五輯：作品序跋；第六輯：文學回憶錄。

　　賈植芳先生在「序」（《一雙明亮的充滿智慧的大眼睛》）中評價該文集出版的意義，稱：「路翎是以小說和戲劇創作貢獻於中國文學的，他年輕的時候生活在社會底層，接觸各個社會階層的生活，他把握創作題材的方法和審美精神，都來源於他的特殊的生活經歷，他用他創作的成功，證明了胡風許多文藝理論觀點的正確；同時，他也努力學習中外特別是俄羅斯文學的成功經驗，接受了胡風文藝理論的觀點，並在生活和創作實踐中，充實和完善了它，又通過自己的理論活動捍衛它和宣傳它，這些文論就是一個證明。」

　　如果該文集所收的「文論」真能「證明」路翎與胡風文藝理論的高度契合性，當然最好不過。然而，一個不經意的誤植卻使得這種美好的祝願落空了。

　　該文集收有兩篇論及解放區詩人李季長篇敘事詩《王貴與李香香》的文章，一篇被收入第二輯「當代文學批評」中，題為《王貴與李香香（新書評介）》，另一篇被收入第三輯「文學（文化）論爭」中，題為《對於大眾化的理解》。這兩篇文章，立意相左，觀點對立，風格迥異，實在不似出自同一批評家之手。

　　前一篇盛讚道：「（《王貴與李香香》）是一篇以新的氣氛，新的形式，抒寫人民底愛與恨及生活，而又給人民讀的民族革命的史詩」；後一篇卻有保留地談道：「在相對地堅持了新美學原則，佔領著舊的形式去迫近人民這一點

〔註1〕載《博覽群書》2012 年第 2 期。

上,已經獲得了實在的成功。但它還不能真的就是『歷史的敘事詩』。革命鬥爭底歷史形勢是表達出來了,但歷史鬥爭底本質的精神是並沒有能夠在應有的真實性上活出來的,這實在是說明了那原來的舊形式在情緒底深入和形象底把握上的束縛,它的情緒是健康的,但在表現和那歷史相應的人民底生活鬥爭和精神變革這一點上,它是過於簡單,甚至單調了。」

前一篇盛讚道:「在詩底形式上,(《王貴與李香香》的)作者做了大膽的嘗試,以中國氣派,創造了民族形式;有大鼓詞的風味,有民間歌謠的精神。在詩底語言上,作者取用了屬於人民大眾的活的口語,有方言、土語,有歇後語,作者以他卓越的才力,予以新的精神,予以新的生命,既熟練而又豐富」;後一篇卻針鋒相對地提出:「看起來,《王貴與李香香》是舊形式的,但事實上它已經比舊形式豐富得多了。它佔領了舊形式,然而它又被束縛著。我們所說的平易的形式,就是以打破這種束縛為目的,就是,盡可能地讓那新的內容生發出來。舊形式是很難傳達生動的、今天底現實形象的:它底形式和動作多半乾枯、模糊的。為了內容的緣故,我們必須打破它底乾枯的格律,但首先必須相(響)應著人民底歷史要求而打破它底美學上的規範,例如大團圓之類。」

前一篇盛讚李季的這部長詩具有開拓性及方向性的意義,稱:「詩歌的路,建築在這裡,它應走的方向,也從這裡暗示了出來,所以筆者很願意在這裡向詩歌界的朋友推薦這篇好的作品」;後一篇卻似有深意地評價道:「如果人民已經勇於承擔歷史命運,不再需要大團圓之類的安慰的時候,作家們再拿這些給他們,那是沒有意義的。現在的鬥爭要求已經達到了這一步,在人民底內在的文化鬥爭上已經達到了要求突破『大團圓』的地步,它必然包含著輝煌的發展前途,我們底新文藝鬥爭也將得到空前的躍進。在這種時候,還要來讚美舊形式為天足,那實在是自纏了小腳還不覺得的沾沾自喜。」

很明顯,這兩篇文章不可能都為路翎所作。

《王貴與李香香(新書評介)》,作者署名「未明」,篇末標注的寫作時間為「六,四,一九四七,北平」,原載1947年4月《泥土》第1輯。《對於大眾化的理解》,作者署名「冰菱」,篇末標注的寫作時間為「一九四八,四」,原載1948年5月《螞蟻小集》之二《預言》。

從這兩篇文章的筆名、寫作時間和地點、發表刊物及主要觀點等幾個方面進行考察,當可確定哪一篇不是路翎所作。

首先,考察筆名。「未明」是路翎用過的筆名之一,但不具有唯一性,現

代作家中用過該筆名者甚多。譬如，茅盾用過，胡秋原用過，還有不少作家用過；「冰菱」是路翎常用的筆名之一，且具有唯一性。據此，可以作出初步判斷，《王貴與李香香（新書評介）》暫宜存疑，《對於大眾化的理解》則為路翎所作。

其次，考察寫作時間和地點。查路翎著、徐紹羽整理的《致胡風書信全編》（大象出版社 2004 年版），該書是近年出版的研究路翎人生經歷和創作道路的最可靠的原始資料。1947 年 4 月間路翎曾自南京給胡風寄出五封信（3 日、7 日、16 日、23 日、28 日），均未提到曾赴北平事，也未提到曾撰寫書評事；1948 年初倒是有兩封信談到《王貴與李香香》，3 月 23 日的信中寫道：「人民現在崇拜文字，有大的知識——識字的饑渴。這並不就是那文字是怎樣的東西。我相信，人民將來會愛讀丁玲的《夜》這樣的作品的，那裡才是他們底真正的現實。《李香香》只能是初級課程。這還是包含著妥協因素最少的一篇。」4 月 9 日信中又寫道：「我寫了一篇關於大眾化的，從原則上談了美學的問題，並牽涉到『王貴香香』。隔兩天寄來給你看一看。」4 月 26 日信中又有：「匯款和《大眾化》都收到了。《大眾化》改了一改，給了《螞蟻》。」據此，又可作出進一步的判斷，《王貴與李香香（新書評介）》的作者待考，而《對於大眾化的理解》的作者則為路翎無疑。

再次，考察發表刊物。《王貴與李香香（新書評介）》所載北平《泥土》最初只是一份學生刊物，創刊之初其影響面僅限於北平。據曾任該刊前兩輯編輯的葉遙回憶：「那時（1947 年初，筆者注）北師院學生運動中的積極分子、熱愛文學的同學，不滿足在校辦壁報，正醞釀籌辦一個綜合性的文藝小刊物，起名叫《泥土》。……（省略號處為筆者略，下同）我只參加編了最初兩輯，發表的稿子多為在校同學所寫，沒有稿費。……其他參加《泥土》的同學，也曾分別寫信或找過幾位教授和著名作家約稿，但來稿有限。〔註2〕」筆者查實，《泥土》第一輯所載文章無一篇寄自南方，葉遙的回憶無誤。《對於大眾化的理解》所載《螞蟻小集》則為胡風派同人刊物，1948 年 3 月創刊於南京，共出七輯，每一輯都有路翎的作品。據此，大致可以確定《王貴與李香香（新書評介）》並非居住在南京的路翎所作。

最後，還須考察這兩篇文章的主要觀點與胡風文藝理論的契合程度。上引

〔註 2〕葉遙：《我所記得的有關胡風冤案「第一批材料」及其他》，載 1997 年 11 月 29 日《文藝報》。

賈植芳先生所作「序」中已經提到：「（路翎）接受了胡風文藝理論的觀點，並在生活和創作實踐中，充實和完善了它，又通過自己的理論活動捍衛它和宣傳它。」胡風當年對解放區文藝的總體評價是有的，見於 1948 年 3 月 31 日他自上海給北平朱谷懷的信，信中稱：「對《北方文叢》，我是肯定的，因為它反映了改革的事件，內容佔領了形式（如我在《民族形式》裏面所理解的），它有救急的功勞。但它只是現象的反映，沒有豐富的生活真實和思想性，形式和理論都束縛了作者們。這是一方面的努力，絕不能代替整個鬥爭，弄到解除武裝。〔註3〕」信中提到的《北方文叢》，指的是 1947 年周而復在香港主編出版的解放區文藝作品叢書，年內出版三輯，《王貴與李香香》就在第二輯中。將上述兩篇文章的主要觀點與胡風信中對解放區文藝作品的定評相對照，可以看得很清楚，署名「未明」的文章與胡風的觀點完全相左，而署名「冰菱」的書評則與胡風的觀點如出一轍。據此，可以確認，署名「未明」的文章絕不可能為路翎所作。

那麼，讀者也許會問：《王貴與李香香（新書評介）》的觀點明顯不見容於胡風派，《路翎批評文集》的編者何以會誤以為是路翎的作品呢？

筆者以為，該書的編者可能受到前此某些「研究成果」的誤導，不妨按照時序向前推移，對該謬誤進行追根溯源——

1993 年北京十月文藝出版社出版的《路翎研究資料》（楊義、張環、魏麟、李志遠編）有附錄「著作年表」，其中有一條目稱：「王貴與李香香（新書評介），載 1947 年 4 月 15 日《泥土》第一輯，署名未明。」

1986 年《鹽城師範學院學報》第 4 期刊載有沈永葆的《關於路翎的筆名》，該文稱：「路翎原名徐嗣興，使用過的筆名有：烽嵩、未明、穆納、嘉木、冰菱、余林、路翎等。這些筆名使用於何種文體，出現於何段時間，見於何種報刊大致有些規律。」其中「未明」條目見於下表：

筆名	文體	使用時間	見於何種刊物
未明	隨筆	1939.2～8	《時事新報》
	書評	1947～1948	《泥土》

始作俑者是不是沈君，因筆者手頭的原始資料有限，尚不能確定。

〔註3〕《胡風全集》第 9 卷，湖北人民出版社 1999 年版，第 680～681 頁。

聶紺弩的《論申公豹》和
《再論申公豹》及其他〔註1〕

摘要：

《論申公豹》和《再論申公豹》是作家聶紺弩創作於20世紀40年代中後期的兩篇著名雜文，由於取譬奇特，含蘊隱晦，世人對其寫作背景及諷喻對象存在著誤解。本文經考證，還原了作者當年所身處的歷史文化環境，認為這兩篇雜文的寫作背景都與1944年延安指派何其芳等人來重慶宣講《在延安文藝座談會上的講話》這一重大政治文化事件有關；前一篇雜文側重於批評胡風對延安「文藝特使」何其芳的態度，「因為自己沒有得到『封神』的使命，心懷嫉妒，在路上與奉得了使命的姜子牙為難」；後一篇雜文側重於挖掘胡風之所以如此的深層心理原因，「他認為『斬將封神』的大業，應該由他去作，只有由他去作；像姜子牙那種碌碌無能之輩，是不配作，不能作的。」

主題詞：胡風、申公豹、何其芳、姜子牙

周健強著《聶紺弩傳》（四川人民出版社1987年版）正文前有史復（羅孚）先生的「序」，其中有如下一段：

> 在抗戰時期「文化城」的桂林，在他（聶紺弩）主編的副刊上，更主要在他有份的《野草》雜誌上，讀到了他一篇又一篇總是很精彩的雜文，我總是很欽佩，也總是很羨慕。像《韓康的藥店》、《兔先生的發言》都是傳誦一時的名文。後來到了重慶，讀到那篇不足

〔註1〕載《重慶師範大學學報》2012年3期。

七百字的《論申公豹》，更是叫絕，他只用了這麼幾句話，就把反動派的尊容勾畫出來了：「他的頭是向後的，以背為胸，以後為前，眼睛和腳趾各朝著相反的方向，他永遠不能前進，一開步就是後退。或者說，永遠不能瞻望未來，看見的總是過去」。

「序」中提的《論申公豹》，是聶紺弩 1945 年 5 月 1 日作於重慶的一篇雜文，載 1946 年 11 月 6 日重慶《新民報》副刊《呼吸》，現收入《聶紺弩全集》第 1 卷。

其實，這篇雜文所「勾畫」的並不是「反動派」，而是他的老朋友胡風。

1955 年 12 月聶紺弩在一份「交代材料」中曾談及抗戰時期與胡風的交往和矛盾，其中一段寫得甚是分明：

> 四三年我到重慶，他（指胡風）早到重慶了，沒有來往，不過偶在文協碰見。他的家（賴家橋）我就沒有去過。四四年某夜，聽說他來了，住在第三廳，我冒雨摸夜路去找他，馮乃超同志正和他在談話，我告訴胡風我要編一個刊物，請他支持。他擺起好像他是組織的面孔，斥責似地說了許多難聽的話，我跟他吵了一架。這之後，我和駱賓基約好不理他，不跟他講話，一直到四九年到北京來開文代會的時候。所以他的《希望》裏沒有我的文章，他出版的書我也沒有看。這中間，他曾在編後記之類的捎帶地諷刺過我幾次，我寫過一篇《論申公豹》罵他……〔註2〕

《論申公豹》「罵」的是胡風，於此可證無疑！

一

聶紺弩為何要「罵」胡風呢？他在「交待材料」中只提到因辦刊物請求胡風「支持」而遭到「斥責」事，實際上未道明的原因遠比這複雜。

抗戰時期，聶紺弩與胡風鬧過好幾次矛盾，較大的一次發生在 1941 年。皖南事變後，胡風撤往香港，臨行前將繼續編輯出版《七月》的事務委託給聶紺弩，不料聶接手印出一期後即返回桂林，行前轉將《七月》委託給歐陽凡海。歐陽印出兩期後，續編的一期卻被國民黨圖書審查部門故意拖宕，造成半年未出刊而被弔銷「登記證」的嚴重後果。胡風因此責怪聶在《七月》事上未盡責，曾在《民族革命戰爭與文藝性格·序》（1942 年作）中譏諷聶為「別圖發展，

〔註2〕《聶紺弩全集》第 10 卷，武漢出版社 2004 年版，第 128 頁。

視往日的貧賤之道為蠢事，視往日的貧賤之交為令名之玷」的「穿捷徑而去的
點者」。〔註3〕聶紺弩在「交待材料」中說 1943 年即與胡風「沒有來往」，主
要是為著這件事。

　　如果說因《七月》停刊受氣是遠因，那麼辦刊物遭「斥責」就是近因了。
1943 年底聶紺弩從桂林來到重慶，次年初與友人籌辦綜合性文藝刊物《藝文
志》。他曾找過許多作家籌稿，「冒雨摸夜」找胡風只是其中的一次。他找胡風
有兩個目的：其一是約胡風寫稿，這個要求被當場拒絕，已見前述〔註4〕；其
二是要幾位青年作家的聯繫地址。兩年前聶紺弩在桂林主編《力報》文藝副刊、
《山水文藝叢刊》及《文學報》時曾發表過路翎、阿壟、何劍熏、劉德馨、莊
湧等的稿件，他想請他們繼續供稿。然而，這個要求也遭到胡風的拒絕。據舒
蕪口述自傳：「重慶時期，聶曾經要辦一份雜誌，想找我們約稿，開了一個名
單，把我和一些經常同胡風接觸的朋友都列進去了，問胡風要地址，胡風沒有
給。後來胡風對我說：『你給了他，他可以把你們現在的職業、地址都說出去！
他那個人一向是馬馬虎虎的。』」〔註5〕當然，這不成其為理由。真正的原因
是，胡風當時「也正在準備搞《希望》」，他不想讓聶分去稿件。

　　聶紺弩主編的《藝文志》與胡風主編的《希望》同時創刊於 1955 年 1 月，
打了個平手；《藝文志》第 2 期於 3 月出刊，《希望》第 2 期卻遲至 5 月，聶暫
時領先。但，他倆之間的矛盾仍在繼續。當年在重慶辦文藝刊物，北碚的大學
園區是懈怠不得的，基本的作者群和讀者群都在那裡。當年 4 月胡風到北碚走
了一趟，看了路翎的「窟」（家），並與冀汸、束衣人（石懷池）等作者見了面，
談妥了約稿事。稍遲聶紺弩與駱賓基也專程到了北碚，演講順帶約稿，卻遭到
了胡風青年朋友們的冷遇。5 月 8 日路翎給胡風去信，談到聶、駱來北碚事，
寫得頗不客氣：「近來我這個窟並不如從前安定了。幾天前，《坦白人自述》的
作者和《早醒記》的作者到汸兄們那邊去講了一點演，由束君介紹認識，晚上
就到我這裡坐了幾個鐘點，談的是文學。他們似乎，覺得我是一顆珍珠——為
什麼被埋藏著呢？而對於我，是口口（使得，筆者補）我看清了文學家們底情
形。我以為痛快。」經查實，「《坦白人自述》的作者」是駱賓基，「《早醒記》

〔註3〕參看拙作《聶紺弩與〈七月〉的終刊及其他》，載《新文學史料》2007 年第 3
　　　　期。
〔註4〕《聶紺弩全集》第 10 卷，第 38 頁。
〔註5〕舒蕪口述，許福蘆撰寫：《舒蕪口述自傳》，中國社會科學出版社 2002 年版，
　　　　第 247～248 頁。

的作者」是聶紺弩,「汸兒」指的是冀汸,「束君」指的是束衣人(石懷池)。
當時路翎在北碚附近的黃桷樹鎮燃管會所屬機關做辦事員,與復旦大學學生
冀汸、束衣人等相熟,他們為《希望》寫的稿件都是交路翎轉給胡風的。

此次北碚之行給聶紺弩和胡風的關係又投下一道濃重的陰影。文壇上很
早便有胡風「宗派主義」的傳言,抗戰初期胡風在武漢主編《七月》半月刊時,
「七月社」同人就很少向外刊投稿,茅盾為此批評說「胡風口袋裏有一批作家」
〔註6〕;如今聶、駱又覺得路翎是被胡風「埋藏」著的「一顆珍珠」,似乎更加
印證了「口袋」說。這些閒言傳到胡風耳裏,更加引起了他對聶紺弩的反感,
自此他們斷絕了來往,直到第一次文代會上才稍釋前衍。

然而,胡風沒有忘記這些事,1954 年他在「萬言書」中抱怨道:「說我
是宗派主義,說我造成了一個小宗派,這大約是香港的同志們批評了我以後
才表面化了的。但那根源當然長得很。在抗戰期間,我編著一個刊物,那沒
有一家大書店肯接受,只好一次又一次找小書店,斷斷續續地編下去。也由
小書店或者青年朋友們湊些錢印了若干本大書店不肯印的作品。也有投稿得
多些,時間繼續得長些的青年作者。但這就使在大書店出版刊物的幾個編輯
家不滿意,說我有一批作家,說我把他們放在自己的口袋裏。這種侮辱了我、
更侮辱了青年作者們的濫言,我聽了只有不做聲。〔註7〕」顯然,聶紺弩也
是胡風所說的「幾個編輯家」中的一個。順便提一句,聶對胡風的這個看法
終其生未曾改變,1982 年 9 月 3 日他在給舒蕪的信中仍這樣寫道:「我很不
喜胡風。自以為高人一等,自以為萬物皆備於我,以氣勢凌人,以為青年某
某等是門徒,是口袋中物……〔註8〕」

由於經濟困難,《藝文志》沒有繼續辦下去;同是經濟困難,《希望》卻在
重慶掙扎著出到了第 4 期(1946 年 1 月)。刊物的命運與主編者有無經濟頭腦
有關,《希望》還未出版之前,胡風就刻好了「股票印章」,印好了「股票收據
冊」,並發動所有朋友參加「募股」,大股東可參加分紅,一般參股者購買《希
望》雜誌及「希望社」出版的書籍能享受七折「優惠」。聶紺弩則完全昧於此
道,刊物自然也就難以為繼了。

從北碚歸來後,聶紺弩便撰寫了雜文《論申公豹》。該文的取譬很獨特,

〔註6〕 《胡風全集》6 卷,湖北人民出版社 1999 年版,第 624 頁。
〔註7〕 《胡風全集》6 卷,第 314 頁。
〔註8〕 《聶紺弩全集》第 9 卷,第 417 頁。

文中有如下一段：

> 《封神演義》上有一個申公豹，在殷紂沒落、西周興起的時候，
> 因為自己沒有得到「封神」的使命，心懷嫉妒，在路上與奉得了使
> 命的姜子牙為難。不料碰到南極仙翁，沒有難著別人，反把自己的
> 腦袋弄得扭轉向後了。從這時候起，他就到三山五嶽去訪尋道友，
> 來阻礙姜子牙所統率的西周義師。大勢所趨，那些道友除了用自己
> 的血染污了歷史的車輪以外，不過苟延了殷紂的若干時日。不必提
> 它。有趣的是申公豹先生自己的尊範，他的頭是向後的，以背為胸，
> 以後為前，眼睛和腳趾各朝著相反的方向，他永遠不能前進，一開
> 步就是後退。或者說，永遠不能瞻望未來，看見的總是過去。這副
> 尊範，配上他的勳業，內容形式，精神肉體，倒是統一得很。〔註9〕

很明顯，該文所描繪的並不是「反動派的尊容」，而是某位因「妒」生恨、主觀願望與客觀效果相反、「內容形式，精神肉體」不絕於口的文化人形象。

值得注意的是，這篇雜文寫好後，聶紺弩並未急於發表。他手頭並不是沒有發表陣地，《藝文志》停刊後，他先後主編過《真報》副刊（1945 年 6 月）、《客觀》（1945 年 8 月）及《商務日報》副刊（1946 年初），但他就是不拿出來。直到 1946 年 9 月接手主編重慶《新民報》副刊「呼吸」時，才將其刊出。看來，聶紺弩也意識到這篇雜文「洩憤」的意味過重，放冷後再發表，時間便賦予其文以不同的意蘊，他慣常這樣做，下面還將述及。

胡風 1946 年 2 月離渝返滬，未知他是否讀過這篇雜文。

二

聶紺弩《論申公豹》一文中的「罵」有何更深刻的意蘊呢？有的。無非是批評胡風意氣用事，看不到新形勢所賦予文學運動的新的歷史使命，阻礙了某種新思想的傳播而已。

1944 年間對國統區文學運動發生重大影響的新因素無疑當數延安整風運動及毛澤東《在延安文藝座談會上的講話》（下略為「延座講話」）的傳入。年初，「延座講話」被介紹到國統區，《新華日報》以《毛澤東同志對文藝問題的意見》為題，用整版篇幅摘要發表了「延座講話」的內容。5 月初，返回延安參加中共第七次代表大會籌備工作和整風學習的周恩來特地選派了參加過延

〔註9〕《聶紺弩全集》第 1 卷，第 255～256 頁。

安文藝座談會的何其芳、劉白羽來到重慶,向大後方文藝界宣傳延安整風和「延座講話」精神。

　　重慶地區的文藝整風學習是在中共南方局文委的領導下進行的,何其芳、劉白羽擔任宣講工作,他們還分別約請有影響的文藝家單獨談話。5 月 25 日胡風接到了「談話」通知,當天他給舒蕪去信,寫道:「我預定二十九日下午進城。為這《希望》,至少當有一周的住罷。還有一些別的事,還有兩位從遠路來的穿馬褂的作家要談談云。」此時他似乎已清楚對方約談的目的。抵重慶的當晚,他即去徐冰住處與何、劉二位特使見面,長談至深夜。7 月 11 日何、劉二位來到重慶市郊的賴家橋,再次約胡風談話。次日胡風在致舒蕪信中寫道:「來此日期,頂好過了十六日。因兩位馬褂在此,豪紳們如迎欽差,我也只好奉陪鞠躬。還有,他們說是要和我細談,其實已談過了兩次,但還是要細談。好像要談出我的『私房話』,但又不指明,我又怎樣猜得著。」從 5 月到 8 月,何、劉二位至少找胡風單獨談過三次,談話內容未見於當事人的回憶錄。

　　胡風在回憶文章中只寫到他在 5 月間曾以「中華文協研究部」的名義邀請何、劉二位宣讀延安整風運動及「延座講話」,寫道:「一九四四年,何其芳、劉白羽同志到了重慶,我用文協名義約了一批比較進步的作家為他們開了一個小會,請他們作報告。何其芳同志報告了延安的思想改造運動,用的是他自己的例子『現身說法』的。由於何其芳同志的自信的態度和簡單的理解,會後印象很不好。何其芳同志過去的情況還留在大家印象裏,但他的口氣卻使人只感到他是證明他自己已經改造成了真正的無產階級。會後就有人(指梅林,筆者注)說:好快,他已經改造好了,就跑來改造我們!連馮雪峰同志後來都氣憤地說:他媽的!我們革命的時候他在哪裏?」〔註10〕當年,國統區進步知識分子對於「延座講話」提倡「文藝為工農兵服務」尚可接受,而對知識分子必須進行「思想改造」卻心存疑慮,這是較為普遍的現象。顯然,梅林和馮雪峰的牢騷也可視為胡風的心聲。至於與何、劉二位比革命資歷,也是可以理解的,馮雪峰 1927 年加入中共,胡風 1931 年加入日共,何其芳和劉白羽則都是 1938 年加入中共。「我們」的革命資歷比他們「老」得多!

　　聶紺弩當時也在重慶,經常與南方局文委負責人徐冰接觸,耳濡目染,接受了文委中人對胡風的看法。1955 年他在一份「交代材料」中寫到這樣一件事:「四二年至四五年之間,他(指馮雪峰)和我都在重慶。他住在姚蓬子的

作家書屋，和韓侍桁常有來往，但不知搞些什麼。有一次，我在他那裡碰見胡風。他們兩人在談周揚，怎麼談不記得，總之不是什麼好話，我提醒他們一句：無論你們怎樣看不起周揚，周揚的理論總是和毛主席一致的。胡風問：你怎麼知道？我說這很簡單，如果不一致，周揚就不會在延安搞得這麼好。雪峰為什麼搞不好呢？雪峰跳起來，把手裡的一本書向桌上一砸，大聲說：周揚有什麼理論！」〔註11〕聶紺弩對周揚的好評可能得之於徐冰的介紹，也可能是從何其芳、劉白羽關於「西北文運」的報告中聽來的，可證「材料」所述與馮雪峰、胡風爭吵事正發生在 1944 年 5～6 月間。

馮雪峰看不起周揚的「理論」，除了 30 年代的舊怨外，自有他的理由，在此不贅。胡風看不起何其芳其人，除了革命資歷之外，也有他的理由。1954 年他在「萬言書」中寫道：「我當時只覺得何其芳同志太單純了而已，但無話可說，後來就寫了《置身在為民主的鬥爭裏面》。為了從民主鬥爭看文藝實踐，為了說明作家在實踐過程中不能不是一個自我改造過程，想至少把由於何其芳同志所引起的使人嘲笑思想改造的心理抵消一點。」〔註12〕《置身在為民主的鬥爭裏面》作於 1944 年 10 月 7 日，有「打擊創作上的客觀主義」的意圖，也有與舒蕪的《論主觀》「呼應」的效果，但其中心論題是談文藝家的「思想改造」問題。胡風根據自己的理解對這個「莊嚴的非接受不可的課題」作了詮釋，並有意匡正何其芳等人宣講報告中「現身說法」的一些「使人嘲笑」的提法。然而，胡風的這些努力並未得到中共南方局文委的肯定。1955 年初《希望》創刊號面世後，南方局文委即召開小型座談會，批評舒蕪的《論主觀》及胡風的「反客觀主義理論」。胡風不服，文委又請出周恩來主持內部討論會，周在單獨談話中對胡風進行了語重心長的批評，指出兩點：「一是，理論問題只有毛主席的教導才是正確的；二是，要改變對黨的態度。〔註13〕」

當年，胡風對延安整風運動的精神實質缺乏瞭解，以為只是「反教條主義」，不知其宗旨是要把全黨統一在「毛主席的教導」之下；他貿然地稱舒蕪的《論主觀》提出了「一個使中華民族求新生的鬥爭會受到影響的問題」，以「個性解放」對抗延安的統一思想運動，從而引起了政黨中人對其理論影響的嚴重關注。

〔註11〕《聶紺弩全集》，第 10 卷，第 255 頁。
〔註12〕《胡風全集》第 6 卷，第 312 頁。
〔註13〕《胡風全集》第 7 卷，第 624 頁。

對毛澤東的「延座講話」，胡風從未公開地提出過異議，他只是對「『欽差大臣』何其芳」的宣講有所不滿，並認為延安不應派他來。1978 年 12 月他在《從實際出發》一文中寫道：「由何其芳到國統區來宣布這一條（指『關於熟悉工農兵生活寫工農兵生活』，筆者注），也好像不大適合。他從《畫夢錄》的北平到了革命根據地延安，而且馬上成了黨員。應該是得到了熟悉他心目中的工農兵的最好的機會了。但據我所知，除了寫過一兩首依然是少男少女式的抒情詩以外，好像什麼也沒有寫，更不用說工農兵了。用揮拳頭喊口號『幫助』小資產階級作者以至『國特』『日特』作者改造過思想以後，又遠征到國統區來指示小資產階級作家應該到他心目中的工農兵中間去熟悉工農兵生活，寫工農兵了。〔註14〕」

那麼，延安派誰來更合適呢？按照胡風理想的標準，此人似乎應有更「老」的革命資格，應寫出過堪稱時代標杆的作品，應在國統區進行過長期的磨煉，而且人格上應無瑕疵。試問，誰堪當其任呢？

聶紺弩的雜文《論申公豹》，就是從胡風的這個心理癥結開掘進去的。文中饒有深意地寫道：「（申公豹）因為自己沒有得到『封神』的使命，心懷嫉妒，在路上與奉得了使命的姜子牙為難。」申公豹和姜子牙都是闡教中人，同在玉虛門下修煉。姜子牙入門較早，為師兄，申公豹入門稍遲，為師弟。論道行，姜子牙只有四十年，而申公豹有幾千年；論本事，姜子牙無甚特長，而申公豹卻能移山倒海。然而，玉虛道人為什麼不把「封神」的使命交付給申公豹，卻給了道行淺、本領小的姜子牙呢？這也是個「歷史公案」。

聶紺弩提出了這個疑問，留下了一個懸念，幾年後他在《再論申公豹》中作了解答。

三

《再論申公豹》寫作時間尚待考證，篇末雖記有「一九四七，七，八，香港」，但此時聶紺弩實在重慶，翌年才到香港。該文收入香港求實出版社 1949 年 7 月出版的《二鴉雜文》，未詳是否曾在報刊發表。

這也是一篇奇文，全文 1300 字。起首一段奚落了某些自矜「當今之世，捨我其誰」的人物，寫得非常辯證：

> 知道一種大變革要來，要獻身於那變革。要憑自己的本事或才

〔註14〕《胡風全集》第 6 卷第 706～707 頁。

能，在那變革中起較大的作用，原也無可非難。變革也真不怕人有本事，有才能；本事越大，才能越大，它可能發生的作用就越大。但有本事，有才能的人，很容易有一種自驕自傲的心理：「當今之世，捨我其誰？」這句話從好的方面說，是志氣，即事業的開端；從壞的方面說，是個人英雄主義，「老子天下第一！」自以為「老子天下第一」的人，一定看不起別人，另一面就是「你是什麼東西！」

接著，他以尼采、杜林為例，論證那些自以為「老子天下第一」、慣於斥責別人為「你是什麼東西」的人物的「終極地一定是魔鬼的老家」。

結尾的一段又回到「申公豹」，他是這樣寫的：

申公豹在那最初階段，是不是也狂妄到尼采和杜林的那種程度，書上沒有詳細的描寫。但他認為「斬將封神」的大業，應該由他去作，只有由他去作；像姜子牙那種碌碌無能之輩，是不配作，不能作的。這種心情已經有目共睹；至於中途阻攔，要姜子牙私相授受，把任務交給他，不然，就要各顯身手，見個高低，拼個死活，態度的咄咄逼人，已經不是狂妄，而是兇惡了。有人懷疑既然申公豹的本事更大，他們的老師為什麼一定要把《封神榜》交給姜子牙呢？現在明白了吧：憑這種行為，就不配擔當什麼偉大事業。他的為人，老師當是觀之有素了。

至此，《論申公豹》留下的那個懸念已完全解開。聶紺弩當年譏諷胡風，立論的基點只在於質疑胡風對延安文藝特使何其芳、劉白羽的態度，即「因為自己沒有得到『封神』的使命，心懷嫉妒，在路上與奉得了使命的姜子牙為難」，並未深究誰堪當「封神」大任的問題。《再論申公豹》更深入了一層，不僅對胡風何以如此的心理進行了挖掘，而且讚揚了「他們的老師」（周恩來）在這個重大問題（選派「延座講話」的宣講人）上的知人善任。附帶提一句，當年胡風也許不知道何其芳、劉白羽是周恩來選派來重慶的，但聶紺弩應該是知道的，1945 年底周恩來指定何其芳為聶的「個別聯繫」人，這種組織關係一直持續到何其芳返回延安。〔註15〕

胡風讀過《再論申公豹》。1952 年 6 月 30 日他在致路翎的信中寫道：「宋（之的）說，聶奉命研究某某理論。他（指聶紺弩）在香港時曾奉命研究過一次。此人一方面有正義感，另一方面，不甘寂寞，常常想抓點什麼衝出去。由

〔註15〕《聶紺弩全集》第 10 卷第 27 頁。

於後一面，在港寫文章也奚落過某某派；由於前一面，上次在京時，曾為我設計怎樣防範詭計。」同年 7 月 25 日在致梅志信中又寫道：「我知道，老聶奉命研究我，而且和羅蘭對看，說是我和羅蘭有相通之處云。但他自己說沒有看，迴避著。內心還是不贊成他們的，動搖得很。〔註16〕」

也許，胡風讀過的聶「在港」發表的「奚落」他的文章並不止這一篇。聶紺弩到香港後，又把《論申公豹》重發了一次，載於 1948 年 7 月 19 日香港《華商報·熱風》。

〔註16〕《胡風家書》，復旦大學出版社 2006 年版，第 280 頁。

讀耿傳明著《魯迅與魯門弟子》（未刊）

耿傳明：《魯迅與魯門弟子》，大象出版社 2011 年 1 月版，「20 世紀文化大師與學術流派叢書」之一。

一、有沒有所謂「魯門」？

耿著所謂「魯門」，指的是 20 世紀中國現代文壇上奉魯迅為宗主的文化（文學）流派。

當年究竟有沒有這個流派，「魯門」的提法是褒是貶？請看如下幾位歷史在場者是怎麼說的——

蕭軍認為該提法帶有諷刺義。他曾在回憶錄中談道：「魯迅先生逝世一個月以後，《中流》半月刊、《作家》月刊、《譯文》月刊全出版了。這三個刊物不獨是魯迅先生生前所支持的，而且在本期全刊有魯迅先生逝世時的各種照片和紀念文章。我把這三份刊物帶到了萬國公墓魯迅先生墳前當場焚化了。……想不到當時竟被張春橋一夥中的什麼人看到了，……接著就在他們所辦的小報上刊載了一篇文章，諷刺我是『魯門家將』，魯迅的『孝子賢孫』，燒刊物是一種迷信的幼稚行為……等等。」當時，蕭軍非常生氣，於是就找上門去，與該文的作者打了一架〔註1〕。

胡風認為該提法純屬子虛烏有。1939 年他在《斷章》一文中寫道：「去年冬，我到重慶之後，L 君告訴我：魯迅逝世二週年的時候，北方的××也開過紀念會，被他在死前痛罵過的×××大演其說，倒是所謂魯迅的親信門徒們，

〔註1〕 蕭軍：《人與人間》。中國文聯出版社 2006 年版，第 264 頁。

反而毫無動靜……，言下大有不勝慨歎之意。我聽了默然，也有不勝慨歎之意。但也並不是替『魯迅的親信門徒們』慚愧，因為，這說法原是對於先生在晚年比較接近的戰友們的嘲諷，且是在先生死前的一些戰鬥裏面有了淵源，而他們在今天，或則韌戰，或則飄零，甚至或則退伍，正在經驗著這個偉大的歷史時期的試煉，正像其他的在戰鬥裏面的人們一樣。〔註2〕」

許廣平認為該提法絕不可取。1947年她在接受記者採訪時說道〔註3〕：

> 現在文藝工作者中間，在相互批判的時候，時常喜歡把魯迅先生提出來，不管是善意的或牽強的，因此替自己辯解也好，或有時會說某人是「魯門弟子」也好，其實在魯迅本身之外，也許無意中加了主觀的成分了。這是完全錯誤的，魯迅先生活著時決沒有什麼「門」「幫」「黨」的活動存在。人們只要認為魯迅先生的文藝路線是正確的，先生當然不拒絕他走同樣的路，這完全是個人的思想和自己的選擇，而魯迅先生是始終走他為人生的道路的。

> 只要不是敵人，幫閒，或者是笑裏藏刀的幫兇，都應該團結起來。要是有人抱守成見以為誰是「魯門弟子」或不是，非但使魯迅死後的責任越負越重，而且把中國的新文藝侷限於一個人身上，使大家往牛角尖裏鑽，也未必是妥當的。目前迫切需要把整個文藝界澄清一下，拋棄這種拘泥成見。

> 魯迅先生是對事而不是對人的，你走的文學道路是對的，他鼓勵你，你錯了，當然要批評你，根本就談不到「仇恨」。魯迅先生的啟示——是公道，是正義。

蕭軍晚年的態度似乎有變化，他曾表示：「我蕭軍有宗派——『魯門魯派』。」（耿著第5頁）但胡風和許廣平晚年的態度則未見有改變。

二、沒聽過課的算不算其「授業弟子」？

耿著第四章第一節題為「『桃李不言，下自成蹊』——魯迅與授業弟子」。

所謂「授業弟子」，當然是指聽過魯迅授課的學生（無論是註冊生或旁聽生）。1909年至1927年，魯迅曾在浙江兩級師範學堂、紹興府中學堂、北京

〔註2〕胡風：《斷章》，《胡風全集》第2卷，湖北人民出版社1999年版，第588頁。
〔註3〕引文見記者：《所謂「魯門弟子」——許廣平先生的談話》，載1947年3月2日上海《時代日報》。

大學、北京師範大學、北京女子師範大學、世界語專門學校、集成國際語言學校、黎明中學、大中公學、中國大學、廈門大學等 10 餘所院校講過課。換言之，只有在這個時段聽過魯迅授課的人士，才有緣自稱或被稱為魯迅的「授業弟子」。

然而，耿著卻把葉永蓁和馬玨也寫進了這一節——

葉永蓁：「1926 年畢業於舊制溫州第十中學，因與女友戀愛受挫，並為了擺脫其母給他包辦的婚姻，遠赴廣州加入了黃埔軍校，為第五期畢業生。曾參加北伐戰爭，北伐戰爭結束後，他棄武從文，隻身來到上海，曾在亞士培路賓涉中學任教，同時開始嘗試進行文學創作。在這期間，他結識了錢君匋、趙超構等文化界名人，也得到了魯迅的關懷和指導。」（耿著第 248 頁）據相關史料，葉永蓁於 1929 年 5 月結識魯迅，此時後者已脫離教育界兩年有餘，二者之間沒有傳統意義上的「師生」關係。

馬玨：「當時被稱為北大『校花』的馬玨與魯迅也有過交往。她是浙江人，北大教授馬裕藻之女，生於 1901 年。1925 年第一次見到魯迅之後，她寫了《初次見魯迅先生》發表於《孔德學校旬刊》。此後她常寫信向魯迅請教生活、學習諸方面的問題，魯迅的出版著作也經常贈與她。1929 年春她入北京大學預科，後因患淋巴結核休學半年，至 1931 年升入政治系。」（耿著第 250 頁）從引文可知，馬玨初識魯迅時還是中學生，而她「被稱為北大『校花』」時，後者已在上海定居四年，二者之間也沒有傳統意義上的「師生」關係。

魯迅只認那些聽過他的課的學生為其「授業弟子」，不認所謂「私淑弟子」，也不認所謂「再傳弟子」。如謂不信，有胡風寫於 1942 年的一篇回憶文章為證，文中寫道：「記得當他（指魯迅，筆者注）收到正在編輯×雜誌的青年作家×××用『迅師』稱呼起頭的信的時候，他冷笑了一聲，說：——哼，突然地『師』起來了，過兩天會改成『迅兄』，再過兩天再不給他稿子，就會改成『魯迅你這混蛋』的。『迅師』，不知道他在什麼學校聽過我的講義！〔註4〕」

凡自稱或被稱為魯迅「授業弟子」者都要回答這個問題：你「在什麼學校聽過我的講義」？

三、沒抬過棺的算不算其「衣缽傳人」？

耿著第五章題為「『衣缽傳人』與『精神朝聖之旅』」。

〔註4〕胡風：《死人復活的時候》，《胡風全集》第 3 卷第 124 頁。

　　所謂「衣缽傳人」，指的當是魯迅思想、學問、道德及精神的繼承人。不管當今某些人如何「重新評價」魯迅，其大思想家、大學問家、大翻譯家、大文學家、大革命家的地位仍然是不可動搖的。換言之，只有在以上四個方面與魯迅有直接承繼關係者，才有緣自稱或被稱為魯迅的「衣缽傳人」。

　　然而，耿著卻把甄選魯迅「衣缽傳人」的範圍僅限於文學界，且注焦於 1936 年 10 月 22 日下午「啟靈祭」上的十餘位「抬棺人」——

> 　　關於抬棺人的具體數字曾一直是個謎團，有『12 人』或『16 人』之說，現代文學研究學者孔海珠經過多次採訪和查考，列舉了當日從萬國殯儀館啟靈時 12 位抬棺人名單，他們是：巴金、鹿地亙、胡風、曹白、黃源、張天翼、靳以、姚克、吳朗西、周文、蕭軍、黎烈文。……蕭軍說起靈人有 16 位也是有一定根據的。如果說有 16 人，名單上似還應包括孟十還、陳白塵、蕭幹、聶紺弩等人。總之，能夠獲得『扶棺人』這個殊榮的一個基本的條件是曾為魯迅所肯定的而又為文壇公認的一位進步的、有影響的作家。（耿著第 299～300 頁）

　　仔細端祥上述「抬棺人」名單，可以發現一些耐人尋味的現象：

　　「抬棺人」竟無一人是魯迅的「授業弟子」！

　　「抬棺人」竟無一人是非文藝界人士！

　　顯然，耿著的注焦點是有問題的。

　　胡風當年是「治喪辦事處」的實際主持人，他便不同意耿著關於「抬棺人」的定性。

　　1976 年他回憶道：「抬棺人」名單是在「出殯前晚治喪處的一次會」上決定的，參加該會議的「除我們四個（胡風、黃源、雨田和蕭軍，筆者注）外，一定還有別的人，但無具體記憶」，議決的第二項是：「下葬時，棺材由我們自己抬（不要殯儀館的人抬）。這沒有問題，決定了由魯迅生前接近的或沒有攻擊過魯迅的十來個人抬。」〔註 5〕

　　胡風說得很清楚，「抬棺人」的充要條件是「魯迅生前接近的或沒有攻擊過魯迅的」，而並非為耿著所稱「曾為魯迅所肯定的而又為文壇公認的一位進步的、有影響的作家」，這兩種定性的差別不可以道里計。況且，即如上述 16 位「抬棺人」，胡風也不認為都符合上面提到的充要條件，他在同文中還寫道：

〔註 5〕胡風：《關於魯迅喪事情況》，《胡風全集》第 6 卷第 542～543 頁。

「至於抬棺材這件事，當時簡單決定了，但臨時也有人自動加了進來，如姚克，他和這些人並無友誼關係的。魯迅和他，也完全是一般的社交關係，只是因為他和斯諾的關係。」

四、胡風是不是「魯迅晚年弟子眼中的大師兄」？

如上所述，耿著第五章把參與「啟靈」儀式的 16 位「抬棺人」都看成是魯迅的「衣缽傳人」。在該章的四節中，還分別介紹了胡風、馮雪峰、聶紺弩、蕭軍等四人與魯迅的傳承關係。

耿著在介紹胡風時寫道：「胡風可以說是魯迅晚年最信任、最賞識的弟子之一，他對魯迅最忠誠，年齡較長，理論水平較高，在文壇影響力也較大，其個性疾惡如仇、愛憎分明，頗具人格上的吸引力和號召力，所以魯迅去世後他儼然成為魯迅文學事業的第一繼承人，魯迅晚年弟子眼中的『大師兄』。」

這個判斷又派生出兩個新問題：其一、魯迅晚年與馮雪峰及胡風的關係如何；其二、胡風是否承認過自己是所謂「大弟子」。

先談第一個問題。1954 年胡風在「萬言書」中談到魯迅晚年與馮雪峰及他的真實關係，寫道：「（20 世紀 30 年代）我是被看成雪峰派的。當時連魯迅也是被當作雪峰派的。〔註6〕」1984 年胡風回憶魯迅曾說過：「你是雪峰派，我也是雪峰派。〔註7〕」魯迅去世後，馮雪峰與胡風仍是領導與被領導的關係。馮是「魯迅治喪委員會」的主持者，而胡風則是治喪委員之一，胡風自述稱「（馮雪峰）有什麼事（都）由許廣平轉達（給我）」〔註8〕；馮主持創辦《工作和學習叢刊》，而胡風則負責具體編務，胡風自述稱「他（指馮雪峰，筆者注）要我用這個刊物和魯迅的老朋友以及他晚年接近的新作者聯繫，取得他們的合作，在思想上和創作上學習魯迅，發揚魯迅精神」〔註9〕；抗日戰爭初期，馮出任中共上海辦事處副主任，胡風自述稱「當時我希望他能領導我們組織起來做些抗日救國的工作，但是沒有，連和他見面都不容易。我自己只好籌錢出了三期《七月》週刊」〔註10〕。由此可知，無論魯迅生前或生後，馮雪峰在「魯迅晚年弟子眼中的地位」都要高於胡風。

〔註6〕胡風全集第 6 卷（「萬言書」），第 315～316 頁。
〔註7〕胡風：《魯迅先生》，胡風全集第 7 卷，96 頁。
〔註8〕《胡風全集》第 6 卷，第 542 頁。
〔註9〕《胡風全集》第 7 卷，第 346 頁。
〔註10〕《胡風全集》第 7 卷，第 164 頁。

　　耿著並非不瞭解上述史實，但辯解道：「與馮雪峰相比，胡風是魯迅更為虔誠、更為單純的繼承者」，因為「馮雪峰是黨員，黨性原則是高於個人私誼的，胡風已經脫黨，他忠於的對象就是魯迅，或者說魯迅就是他要忠於的『宗主』。」（耿著第 316～317 頁）參看上述，可知耿著之「私誼」說及「宗主」說有多麼大的失誤。

　　再談第二個問題。1942 年胡風曾在一篇文章中力辭「大弟子」，他寫道：「自魯迅先生死後，有些小報常常陰險地說我是魯迅的『弟子』甚至『大弟子』……但我究竟在什麼時候，什麼地方，向誰這樣『自稱』過呢？不用說，對於新文化和我們這一輩以及以下的千千萬萬的文化工作者，魯迅先生是開路者和哺養者，但我不但不至卑鄙到想盜取一個『門人』或『弟子』之類的莫名其妙的頭銜，而且因為不願給那些鄉下小女人似的文士們添加喊喊喳喳的材料，無論在他的生前或死後，我總竭力避免提到我和先生之間的交遊關係，立意了幾年的一篇回憶記終於還沒有著筆，一半也是因為這一點顧慮。〔註11〕」由此可知，胡風對「大弟子」說是多麼的深惡痛絕，後世學者不查，屢屢以該諡號加諸，不亦哀乎！

五、小結

　　耿著在《後記》中表示：「魯迅和魯門弟子的研究工作涉及面廣，難度較大，本書只是一個初步的嘗試，存在的問題和謬誤一定不少，歡迎大家的批評、指教。」（第 421 頁）

　　筆者竊以為，耿著關於「魯迅和魯門弟子的研究工作」也許得重新換個思路。

〔註11〕胡風：《死人復活的時候》，作於 1942 年 4 月 14 日；初載《山水文藝叢刊》第 1 輯《死人復活的時候》，桂林遠方書店 1942 年版；收入《胡風全集》第 3 卷，第 121～129 頁。

2013 年

「羅惠壓稿」說之相關史料發微 [註1]

近年來，圍繞著「羅惠壓稿」事，有關人士發表了如下幾篇意見紛紜的文章：

羅惠：幾多風雨，幾度春秋，載《新文學史料》2010 年第 2 期

黎辛：《幾多風雨，幾度春秋》讀後，載《新文學史料》2010 年第 4 期

羅惠：關於《從頭學習》一稿的發表，載《新文學史料》2011 年第 2 期

劉若琴：與黎辛先生不同的歷史敘事，載《粵海風》2011 年第 2 期

黎辛：我的「不同的歷史敘事」，載《粵海風》2011 年第 6 期

劉若琴：歷史的否定之否定，載《粵海風》2012 年第 3 期

爭論的一方是前《長江日報》文藝組組長綠原的家屬（其妻羅惠，其女劉若琴），另一方是前《長江日報》副總編輯（黎辛）；爭論的焦點貌似集中在 1952 年 5 月舒蕪的檢討文章《從頭學習「在延安文藝座談會上的講話」》寄到《長江日報》文藝組後，工作人員羅惠是否未予及時登記這個歷史細節上。

經過幾個回合，羅惠當年收稿後未予及時登記這個歷史細節已是不爭的事實。但問題的關鍵顯然並不在此，後面還隱藏著一個「無心」或「有意」的問題，「無心」是「失職」，「有意」則是「瀆職」。爭論繼續深入下去，又牽涉到綠原、曾卓及胡風，問題似乎越來越複雜了。

〔註 1〕載《粵海風》2013 年第 1 期。

筆者以為，任何與史實相關的問題之成為「問題」，無非是未及將相關史料進行系統的整理與辨析而已，「羅惠壓稿」說應該也是這樣。於是，筆者從三個方面作了些考證：一、「羅惠壓稿」說之起源，二、綠原當時有無「危機感」，三、胡風與「羅惠壓稿」事的關係。有所收穫，以下分敘之。

一、「羅惠壓稿」說之起源

綠原的家屬認為黎辛是「羅惠壓稿」說的始作俑者，實際上是誤解。

羅惠在《關於〈從頭學習〉一稿的發表》中稱：黎辛在《〈幾多風雨，幾度春秋〉讀後》中提出「1952 年在《長江日報》文藝組，我『壓』過舒蕪的《從頭學習〈在延安文藝座談會上的講話〉》一稿之說。記得黎辛同志在《新文學史料》2001 年第 2 期發表的另一篇文章中，就有過類似說法。」

劉若琴在《與黎辛先生不同的歷史敘事》中也稱：「黎辛先生曾任《長江日報》社的副總編輯，他在《讀後》一文中，以當年領導的身份斷言羅惠壓了舒蕪的稿件，又強說該稿『就是李曙光與羅惠』交給他的。可惜這些說法比較武斷，有不少臆想成分。這些說法好像也不是第一次，在 2001 年黎辛先生的另一篇文章中就有過類似的話語。」

綠原家屬提到的黎辛於 2001 年發表的「另一篇文章」題為《關於「胡風反革命集團」案件》（載《新文學史料》2001 年第 2 期），文中關於「羅惠壓稿」的敘述與《〈幾多風雨，幾度春秋〉讀後》中的敘述不是「類似」，而是一字不差，見如下：

> 約在 1952 年 4 月，舒蕪向《長江日報》文藝組寄來了《從頭學習「在延安文藝座談會上的講話」》，檢討他在重慶寫的《論主觀》的錯誤，這時文藝組組長綠原離職參加「三反」運動去了。李曙光告訴我，另一位編輯、綠原的妻子羅惠將稿件壓著不拿出來。我問羅惠，她說還沒有登記。我說登記以後你和李曙光看看交給我。現在有人說羅惠「將文章壓下來，後由副刊組另一位同事黎之將稿件拿走，會同編委黎辛、總編熊復決定發表」……

黎辛在這裡說得很清楚，他並不是「羅惠壓稿」事的發現者，發現此事者為該報文藝組的另一成員李曙光（黎之）；他也不是「羅惠壓稿」說的始作俑者，在他披露這一歷史秘辛之前，已「有人」將其寫進了文章。

那麼，是誰較之黎辛更早地披露了這樁歷史秘辛的呢？是作家李輝。

筆者手頭上有李輝《胡風集團冤案始末》的三個版本，關於「羅惠壓稿」事的敘述各不相同，引如下：

> 舒蕪的文章寄到《長江日報》時，最初落到綠原的妻子羅惠手中，她壓下了。後由一位副社長出面拿走，這才予以發表。（李輝：《文壇悲歌——胡風集團冤案始末》，載《百花洲》1988 年第 4 期，第 51 頁）

> 舒蕪文章寄到《長江日報》時，綠原正好到鄉下參加土改了。綠原的妻子羅惠也在副刊工作，便將文章壓下來。後由副刊組另一位同事黎之將稿件拿走，會同編委黎辛、總編熊復，決定發表。為此事，綠原曾寫信向胡風解釋，表示歉意。（李輝：《胡風集團冤案始末》，人民日報出版社 1989 年 2 月版，107 頁。）

> 舒蕪文章寄到《長江日報》時，綠原正好到鄉下參加土改了。後由副刊組另一位同事將稿件拿走，會同編委黎辛、總編熊復，決定發表。為此事，綠原曾寫信向胡風解釋，表示歉意。（李輝：《胡風集團冤案始末》，湖北人民出版社 2003 年 1 月版，第 100 頁。）

第一、二個版本中關於「羅惠壓稿」事的敘述僅在字面上有出入，但「壓下了」卻完全一致。第三個版本較之第二個版本，僅在於刪去了「綠原的妻子羅惠也在副刊工作，便將文章壓下來」這一句。而第二、三個版本較之第一個版本則多了「為此事，綠原曾寫信向胡風解釋，表示歉意」這一句。

值得注意的是，作者李輝在第二版的「作者後記」中曾談到該著的「口述實錄」風格，他寫道：「寫這本書，我越來越感覺到與其說自己是一個作者，不如說是一個『記者』——名符其實的記者。從全書來看，所盡到的責任和完成的任務，無非是在記，記當事人的談話，記從報章上抄下來的文字，記僥倖從不同角度獲得的第一手資料。」（《胡風集團冤案始末》，人民日報出版社 1989 年 2 月版，第 444 頁）換言之，即其著中所涉歷史細節大都出自被採訪者的口述。既然如此，欲澄清「羅惠壓稿」說的由來，就只能向「記者」李輝諮詢了：前兩個版本中的「羅惠壓稿」說是採訪何人所得？後兩個版本中的「綠原道歉」說的出處何在？綠原當年寫給胡風的「表示歉意」的信能否公開？等等。

如果深究起來，「羅惠壓稿」說並不比「綠原道歉」說更為棘手，前說尚能用疏忽、懈怠等主觀因素來解釋，後說簡直坐實了所欲不遂、未竟全功的事實。筆者臆測，《胡風集團冤案始末》如果還要出第四個版本，「為此事，綠原

曾寫信向胡風解釋，表示歉意」這一句或許還將被刪去。

簡而言之，李輝 1988 年即在其著中披露了「羅惠壓稿」事，而黎辛則遲於 2001 年才引用「羅惠壓稿」說。綠原家屬錯怪了黎辛。

二、綠原當時有無「危機感」

如上所述，羅惠當年收稿後未予及時登記這個歷史細節已是不爭的事實。但問題的關鍵並不在這裡，後面還隱藏著一個「無心」或「有意」的問題，「無心」是「失職」，「有意」則是「瀆職」。

黎辛認為羅惠是有意為之，他在《〈幾多風雨，幾度春秋〉讀後》中稱：「羅惠為什麼這麼做，又那麼說呢？無他，是胡風有信給綠原，建議不發舒蕪的稿子。」

羅惠則堅稱是無心之失，她在《關於〈從頭學習〉一稿的發表》中稱：「黎辛同志說我『壓』了《從頭學習》，在情理上是講不通的。因為過去我就登記過舒蕪的其他來稿，而且綠原與舒蕪之前並沒有很深的交往，解放前綠原和我都沒有讀過舒蕪的《論主觀》，為什麼要特別關心和防備舒蕪的這一次來稿呢？難道誰能未卜先知，事先預見舒蕪會寫一篇『自我檢討』，並在『檢討』中順便『揭發』不相干的人呢？」

劉若琴也認為是無心之失，她在《與黎辛先生不同的歷史敘事》中稱：「從內因來說，綠原在這個時候還沒有產生危機感。……他既不知道舒蕪的『突進』，也不可能預先感受舒蕪文章發表後的非凡政治效果，他毫無戒備心理，更不會想到去告知胡風。」

黎辛的說法缺少直接的史料支撐。迄今為止，筆者尚未發現胡風寫給綠原的措辭明確的「建議不發舒蕪的稿子」的信，當然，默許類的表述是有的，且待後述。

綠原當年是否有「危機感」呢？請看如下原始資料——

1951 年 11 月舒蕪在武漢出席「中南文代會」期間曾作大會發言《我的體會》，檢討過去「把小資產階級某些進步思想和無產階級混為一談」的錯誤，並承認「當時曾寫過一些文章、發表過一些意見，最根本的錯誤就在於此」。大會閉幕後，《長江文藝》出版「中南文藝工作代表大會特刊」，收錄了代表們的發言稿，舒蕪的《我的體會》也在其中。不久，陳守梅（阿壟）來漢出差，綠原與之交談後都感到事態嚴重，於是分別給胡風去信告之。同年 12 月 20 日

胡風在致梅志信中寫道：「剛才得守梅自漢口來信，說方管（指舒蕪，筆者注）寫文章否定他過去，而且把我們也否定在內，那就是以出賣我們來陪他的意思。綠原、曾卓都氣憤得很。」〔註2〕同月 21 日日記有「得綠原信，並附來舒蕪懺悔小文」〔註3〕的記載。無庸諱言，「氣憤得很」正是「危機感」的一種表現方式。

綠原當年是否「事先預見」舒蕪將就《論主觀》寫檢討文章呢？請看如下原始資料——

1951 年 12 月初舒蕪返回南寧後即決心主動檢討《論主觀》，並於當月 8 日去信告知綠原。同月 14 日舒蕪寫成萬字檢討文章《向錯誤告別》，20 日將文稿給來訪的朋友魯煤看過。魯煤隨即於 23 日和 28 日兩次致信胡風報告舒蕪檢討文章詳情，並建議「你還是去多問問綠原」〔註4〕，胡風於 1952 年 1 月 7 日、2 月 14 日兩次覆信魯煤告之應對之策，並不無誇張地稱：「他（指舒蕪，筆者注）是想用別人的血洗自己的手了。〔註5〕」同年 1 月 21 日舒蕪又給綠原寄出一封長信，信中談及檢討文章中「路翎過去所歌頌的是半瘋狂半流浪人的農民」等內容〔註6〕。綠原隨即去信告之胡風，2 月 8 日胡風回信稱：「舒君，現在看來是不足為奇的。頂多做一次藥渣。歷史太窮，他所以有了那個過去。歷史太窮，他現在就當然如此。但活生生的歷史並不窮的，它會拋棄一切弄潮兒的。〔註7〕」無庸置疑，此時綠原和胡風都已獲知舒蕪為《論主觀》寫了一篇「待發」的檢討文章。

可資佐證綠原當年深感危機的原始資料還有許多，限於篇幅，茲不贅述。

還有一個不容忽略的歷史細節：魯煤回憶，《向錯誤告別》就是《從頭學習〈在延安文藝座談會上的講話〉》的「初稿」〔註8〕。據筆者所知，他是讀過

〔註2〕 《胡風家書》，復旦大學出版社 2007 年版，第 267 頁。
〔註3〕 《胡風全集》第 10 卷，湖北人民出版社 1999 年版，第 297 頁。
〔註4〕 轉引自舒蕪《回歸五四·後序》，《舒蕪集》第 8 卷，河北人民出版社 2001 年版，365 頁。
〔註5〕 《胡風全集》第 9 卷，第 175 頁。
〔註6〕 舒蕪：《回歸五四·後序》，《舒蕪集》第 8 卷，第 368 頁。
〔註7〕 《胡風全集》第 9 卷，第 376 頁。
〔註8〕 魯煤在《恩怨實錄（之九）》中寫道：「1951 年底我曾參加全國政協土改團去廣西搞土改，路經南寧市時，曾見到舒蕪，他給我看了他正撰寫的《從頭學習毛主席〈在延安文藝座談會講話〉》初稿。他寫出，解放後兩年來他努力改造思想，提高政治覺悟，現今徹底否定了解放前在國統區跟隨胡風從事文藝工作的成就，認為那都是不利於革命的錯誤的東西。我當時正是把『改造思想』放在

該「初稿」的唯一健在者。弄清了這個歷史細節，綠原家屬與黎辛爭論不休的許多問題都可以得到合理的解釋。

三、胡風與「羅惠壓稿」事的關係

接下來要考證的是深埋在該個案之下的最實質的問題：胡風與「羅惠壓稿」事有無關係？

黎辛曾一度認為胡風與此事有直接關係，他在《〈幾多風雨，幾度春秋〉讀後》中稱：「舒蕪的《從頭學習》寄到《長江日報》，胡風是讓綠原不要發表的，這說明他是始終贊同《論主觀》的。」

羅惠則認為這是黎辛的「想像」，她在《關於〈從頭學習〉一稿的發表》中寫道：「黎辛同志認為我『壓』了舒蕪的稿件，認為這是胡風『指示』的，他這思路也不難理解，恐怕是幾十年的思維慣性所致。」

劉若琴也認為此事不可能發生，她在《與黎辛先生不同的歷史敘事》中寫道：「我花時間查閱了胡風在當年 4 月至舒文見報前寫給綠原的信件，也未見到任何信上提及他知道舒蕪有什麼文章待發。」

黎辛後來覺察到前文有失，於是在《我的「不同的歷史敘事」》中更正道：「拙作所說胡風建議綠原不發《從頭學習》是記錯了。我不該憑記憶寫。這次我去舊書店買到胡風與綠原通訊，1952 年 5 月，胡風沒有給綠原寫信，是綠原有信給胡風，也沒說舒蕪，說的是阿壟，也沒提《從頭學習》，說的是別的話，我不需在這裡說了。」

這個問題似乎已經塵埃落定，然而卻並不。筆者認為，黎辛與綠原家屬的表述都還有可斟酌之處──

首先，黎辛為何有羅惠（或綠原）「壓稿」的「記憶」呢？那並不是羅惠

第一位的青年共產黨員，對他的強烈要求進步，表示了衷心歡迎。但同時，對他完全否定胡風他們自己的進步作用，則驚訝不已，並勸他不要這麼作。為此，我馬上寫信給徐放和胡風，報告此事。胡風見信後，馬上回我信（寄至南寧農村我搞土改的地方），說舒蕪此人解放前有某些弱點，並要我去找他，對他說：他要談就只談自己，不要節外生枝、牽連別的友人。當然，事實上，我並未去找舒蕪談這些，因為：我覺得我給徐放、胡風報告此事，是自然行事，如再去找舒蕪，就等於有意識地搞『非組織活動』了。而舒蕪此時也去外地搞土改了，也找不到他。但我自知這是一起嚴重事件：阻止舒蕪檢討，向胡風通風報信；胡風指揮『爪牙』，搞『反革命』串聯。胡風這信及其他來信，我於開始隔離時已上交組織，以上「罪行」也早已交待。載《新文學史料》2005 年第 1 期，第 40 頁。

所謂「幾十年的思維慣性所致」所能囊括，而確實是當事人當年「印象」的累積。有原始資料為證，1952 年 2 月 3 日綠原曾就「壓」舒蕪稿事這樣向胡風表白道：

> 去年他（指舒蕪，引者注）從北京回南寧後……（引者刪）不久他寄了一篇萬言大文《文藝實踐論》來。我知道，這篇文章不容易發表，首先因為《實踐論》發表不久，這裡的大員都還沒有寫文章，不會讓他搶先的。我的領導黎辛叫先送熊復看，熊不看，又送荒煤看，荒煤指出很多不妥，由我寫給作者。作者後來又按指出來的問題加以修改，重新寄來；這次仍然沒有人看，轉給《長江文藝》，《長江文藝》一壓壓了兩個多月，給退回了，說是太長。這個過程，作者完全不瞭解，我也不想給他講。這次來漢開文代會，他聽到若干贊許和恭維，又聽黎辛說，那篇文章可以用（其實原先並沒有說），就覺得我竟從中作梗，言詞間已有不滿。……（引者刪）他又連續寫了一些文藝短論（《反對文藝思想上的自發論》，《批判羅曼羅蘭式的英雄主義》），按報紙編輯方針，這些稿件都是不切實際的，文內多談作者自己的往事，自然我不便作定稿向上呈閱。這些事情也是不快的根源。〔註9〕

綠原在此信中提到曾被黎辛和舒蕪誤以為被他「壓」下的《文藝實踐論》；又提到了確實被他「壓」下的另外兩篇稿件《反對文藝思想上的自發論》和《批判羅曼羅蘭式的英雄主義》。胡風 2 月 8 日覆信則表示贊許，「頂多做一次藥渣」云云，已見於上引，足證他對綠原「壓」舒蕪稿事是默許的。

其次，黎辛和劉若琴都稱未在胡風與綠原通信中查到有關前者「指示」後者「壓」稿的相關內容，黎辛為此特地更正前說，劉若琴由此嘲笑前者「理解力的退行性變化」。實際上，他們的資料準備都不夠充分，結論也下得太早。筆者如此說有兩條根據：首先，他們似乎都沒有仔細讀過魯煤的《恩怨實錄》，都忽略了《向錯誤告別》即是《從頭學習》的「初稿」這個歷史細節。須知綠原和胡風早在年初就知悉了舒蕪該文的基本內容，不需要再在四月或五月間的通信中繼續討論。要想從書信中尋找線索，時間至少要前移到年初；其次，他們都不甚清楚胡風與綠原完整的通信記錄藏於何處。無論是查閱綠原的回

〔註9〕轉引自曉風主編《我與胡風：胡風事件三十七人回憶》，寧夏人民出版社 1993 年版，第 532～533 頁。

憶文章（《胡風與我》）和胡風書信集（《胡風全集》第 9 卷），還是查閱 1955 年出版的「三批材料」（黎辛所說的購自舊書店的「胡風與綠原通訊」），都不足以還原當年胡風與綠原來往通信的歷史原貌。要還原真相，必須得查閱胡風日記（《胡風全集》第 10 卷）。

筆者查閱了《胡風全集》第 10 卷，將 1952 年 1 月至 5 月胡風與綠原的來往通信記錄進行了整理，依照「得信」及「覆信」的順序排列，失記處及出處頁碼皆寫在刮號內。如下：

　　1 月 18 日「得綠原信」（第 305 頁）。26 日「覆綠原」（第 307 頁）。

　　2 月 7 日「得綠原信」。同日「覆綠原」（第 310 頁）。

　　2 月 29 日「得綠原信」（第 314 頁）。（未記「覆信」日期）。

　　4 月 4 日「得羅惠信〔註10〕，即覆」（第 321 頁）。

　　4 月 11 日「得羅惠信」（第 323 頁）。26 日「覆羅惠」（第 326 頁）。

　　5 月 6 日「得羅惠信」（第 328 頁）。13 日「覆綠原」（第 330 頁）。

　　（未記「得信」日期）。5 月 26 日「覆羅惠」（第 333 頁）。

　　5 月 30 日「得羅惠信，即覆」（第 334 頁）。

從上可知，在此期間綠原與胡風信件來往至少七次（另有一次尚難確認），現公諸於世者僅為七分之二：綠原致胡風信至少七封，有一信（19520203）的部分內容見於「第三批材料」及綠原的回憶文章《胡風與我》，另有兩信（19520401，19520518）的片斷被收進 1955 年出版的「三批材料」，餘者皆佚；胡風覆綠原信也是至少七封，僅有兩信（19520207、19520530）被收入《胡風全集》第 9 卷，餘者皆佚。

說得更清楚一點，劉若琴稱「花時間查閱」的「胡風在當年 4 月至舒文見報前寫給綠原的信件」至少應有三封（19520404、19520426、19520513），但全是佚信，她是查閱不到的；黎辛稱「1952 年 5 月，胡風沒有給綠原寫信」也不準確，胡風至少給綠原寫過三封信（19520513、19520526、19520530），前兩封信為佚信，後一封信被收入《胡風全集》第 9 卷。

〔註10〕《胡風全集》編者注：「羅惠為綠原妻，此處即指綠原。」下同。

　　筆者以為，在如此多的原始信件闕如的情況下，僅憑現有信件來判別胡風與「羅惠壓稿」事「有」或「無」關係都是缺乏說服力的；在那些沉睡的「佚信」重新面世之前，還是暫宜存疑為好。

陳陳相因何時了──
周燕芬《因緣際會》讀後感（未刊）

　　周燕芬《因緣際會──七月社、希望社及相關現代文學社團研究》（武漢出版社 2011 年 1 月版，以下簡為「周著」）是一部有影響的著作，王建雄和李俊曾先後在《文藝報》上撰文推薦，前者盛讚其「尊重史實、依靠實證的研究態度和方法」，後者譽之為「中國現代文學社團史研究領域的最新成果」之一〔註1〕。

　　然而，筆者的閱讀體驗卻與上述評論者的評價相去甚遠，覺得周著不僅與「尊重史實、依靠實證的研究態度和方法」毫不相干，反而多有陳陳相因之弊。

　　以下拈取數例以說明之：

一

　　周著述及《七月》週刊創刊前後上海文壇形勢時，寫道：「因為戰爭的打響，胡風激動得在家裏坐不住，躍躍欲試想要做點什麼，但『口號』論爭中站在『民族革命戰爭的大眾文學』一邊的，幾乎都受到文壇的排斥。」（第 53 頁）

　　所謂「受排斥」說法沿襲自《胡風回憶錄》，但作了不應有的改動。

　　《胡風回憶錄》中是這樣寫的：「上海沉浸在抗戰熱潮中，我所接觸到的人都是興奮的。文化文藝界當然有組織活動，但和『民族革命戰爭的大眾文學』

─────────────────

〔註1〕王建雄：《史論結合　別開生面》，載 2011 年 8 月 7 日《文藝報》；李俊：《中國現代文學社團史研究領域的最新成果》，載 2011 年 9 月 23 日《文藝報》。

口號有關的人們，除了黨員外，好像都沒有被吸收參加。」〔註2〕

　　當年上海抗戰文藝運動的領導中樞為中共上海辦事處，潘漢年任主任，馮雪峰任副主任，他倆都是「民族革命戰爭的大眾文學」的倡導者，而「國防文學」的領軍者周揚已經奉命去了延安。顯而易見，潘、馮絕不會放任「文壇」因「口號」問題「排斥」胡風等人。史實也是如此：曾在「口號」論爭中站在「民族革命戰爭的大眾文學」一邊的青年作家王堯山、聶紺弩、吳奚如、陳辛人、周文、曹白、胡風、蕭軍、歐陽山、端木蕻良等人，前六位是黨員，淞滬抗戰爆發後都參加了「有組織的活動」，王堯山為中共江蘇省委負責人之一，聶紺弩隨演劇隊去了武漢，吳奚如奉命去了延安，陳辛人奉命去了湖北湯池，周文奉命返回家鄉成都，曹白奉命就任上海某「難民收容所」所長；後三位及胡風是非黨員，他們因各種個人原因未曾參加「有組織的活動」，但與「口號」論爭絕無關係。

　　周著刪去了《胡風回憶錄》中「除了黨員外」這個重要的限定，將胡風原本不甚準確的說法更推進了一步。

二

　　周著虛構抗戰初期「民族革命戰爭的大眾文學派」曾受「國防文學派」排斥的故事時，還寫道：「曾經，魯迅和馮雪峰是胡風堅強有力的精神后盾，如今魯迅離世，又見不到雪峰，如果說左聯內部矛盾和『口號』論爭造成的後遺症依然存在的話，孤獨的胡風則要承擔來自『國防文學』派的全部壓力……」（第54頁）

　　所謂「見不到雪峰」的說法沿襲自梅志的《胡風傳》。

　　梅志在《胡風傳》中稱：「這時，他多麼想找雪峰問問，到底我們這些人該怎麼幹，怎麼參加戰爭？但見不到他。〔註3〕」梅志當年並不在上海，她的說法改纂自胡風晚年的文章《深切的懷念》。胡風在其文中是這樣寫的：「八·一三上海抗戰爆發，當時我希望他（指馮雪峰，筆者注）能領導我們組織起來做些抗日救國的工作，但是沒有，連和他見面都不容易。我自己只好籌錢出了三期《七月》週刊。〔註4〕」很清楚，胡風說的是「見面都不容易」，梅志卻說

〔註2〕《胡風全集》第7卷，湖北人民出版社1999年版，第351頁。
〔註3〕《梅志文集》第3卷，寧夏人民出版社2007年版，第244頁。
〔註4〕《胡風全集》第7卷，第164頁。

成「見不到」，二說有很大的差異。

據筆者所知，當年胡風並不是見不到馮雪峰，而是因交惡而不願去見。有史料為證：胡風 1937 年 8 月 13 日日記載有「到許女士處，馮在，正和 K 談政治形勢，結果替他們做了一通義務翻譯」〔註5〕。其中「許女士」指許廣平，「馮」指馮雪峰，「K」指鹿地亘。胡風 1937 年 8 月 24 日／28 日致梅志信中還通報了馮雪峰的行蹤：「三花臉先生曾到黎處破壞過，但似乎效果很少。很明顯，他是在趁火殺人打劫的。〔註6〕」信中「三花臉先生」指馮雪峰，「黎」指黎烈文。附帶提一句，當年胡風所「承擔」的「壓力」並不來自子虛烏有的「國防文學派」，而是來自馮雪峰。

胡風晚年回憶當年與馮雪峰見面「不容易」，話並沒有說死；梅志稱胡風當年「見不到」馮雪峰，是不瞭解其中的曲折；周著沿襲梅志的說法，當屬以訛傳訛。

三

周著述及抗戰初期胡風在上海的處境時，還寫道：「在影響一時的抗戰刊物《吶喊》（《烽火》）上，胡風只發表過一首小詩《『做正經事的機會』》。客觀來看，《吶喊》社的編輯成員並無有意排斥胡風，但胡風覺得《吶喊》沒有自己的容身之地。」（第 54 頁）

所謂「只發表過一首小詩」的說法也沿襲自《胡風回憶錄》。

胡風寫道：「（八‧一三上海抗戰爆發後）文學刊物都停了。茅盾代表《文學》邀《中流》、《作家》、《譯文》等四個刊物，自己籌錢合辦一個小週刊，取名為《吶喊》。把五四時代魯迅的書名作為轟轟烈烈的民族戰爭中的刊名，但到底和時代的感情不大相應，到了第三期，改名《烽火》了。後三個刊物和《文學》原來是各行其是的，現在都由茅盾統一起來了，甚至還要去了我的一首詩。〔註7〕」

筆者曾寫過有關《吶喊》（《烽火》）的論文，清楚地記得胡風在該刊上發表過兩篇作品：一篇是雜感《「做正經事的機會」》，載《吶喊》創刊號；另一篇是長詩《同志！——新女性禮讚》，載《烽火》第 2 期。雜感為巴金約稿，

〔註5〕轉引自《梅志文集》第 3 卷，第 245 頁。
〔註6〕《胡風家書》，上海復旦大學出版社 2007 年版，第 29 頁。
〔註7〕《胡風全集》第 7 卷，第 352 頁。

詩歌為茅盾約稿。

　　胡風與茅盾不合，憶及《吶喊》週刊時便帶有某種情緒。周著不察，以為《吶喊》同人待胡風果真如此，便想當然地把那首一百多行的長詩說成「小詩」，又把雜感的題目誤植到「小詩」的頭上。

四

　　周著述及「《希望》時期的摩擦與對抗」時，寫到中共南方局為《論主觀》召集的兩次座談會，還寫道：「接著在邵荃麟主編的桂林出版的《文化雜誌》上，發表了黃藥眠批判《論主觀》的文章《論約瑟夫的外套》。舒蕪依此文章和胡風交給他的一份茅盾批判《論主觀》的發言提綱，寫出了反批評長文《關於〈論主觀〉》。」（第 219 頁）

　　如上說法沿襲自《舒蕪口述自傳》。

　　舒蕪是這樣說的：「以上所說的兩次對《論主觀》的批判，都是口頭的、內部的、高層人士中的。接著，就來了黃藥眠寫的《論約瑟夫的外套》，大約一兩個月後發表在桂林出版的《文化雜誌》上。……老實講，這篇文章的發表，當時幫了我的忙。本來，單憑茅盾批判《論主觀》的一份發言提綱，我還很難寫出反批判的文章，黃藥眠的文章一發表，我就可以以他作為批判意見的主要代表來回答了。我所寫出的長篇文章，題目好像是《關於〈論主觀〉》之類。」〔註 8〕

　　非常遺憾，舒蕪如上口述與史實相去甚遠，當屬年久失記。

　　據筆者所知：一、「邵荃麟主編的桂林出版的《文化雜誌》」1943 年 5 月出至 3 卷 4 期後即告終刊〔註9〕，不可能刊發黃藥眠作於 1945 年 4 月的文章；二、黃藥眠的這篇文章曾於 1945 年冬初載於湘西某副刊《藝林》，1946 年 3 月又載於《文藝生活》光復版第 3 號〔註10〕。舒蕪於 1946 年 6 月 4 日才讀到該文，有當日致胡風信為證：「寧兄所謂『喝了藥就睡覺的人』的大文，看見了，但並不擾亂。〔註11〕」；三、舒蕪早在一年前即已寫成《關於〈論主觀〉》，

〔註 8〕　《舒蕪口述自傳》，中國社會科學出版社 2002 版，第 142～143 頁。
〔註 9〕　楊益群：《抗戰時期桂林文藝期刊介紹》，《桂林文化城概況》，廣西人民出版社 1986 年版，第 283 頁。
〔註 10〕　參看黃藥眠《論約瑟夫的外套》之「作者後記」，收入《文學運動史料選》第 5 冊，上海教育出版社 1979 年版，第 463～464 頁。
〔註 11〕　《舒蕪致胡風信》，載《新文學史料》2006 年第 3～4 期。下不另注。

有當日（1945 年 5 月 12 日）致胡風信為證：「放下別的事，以十二天寫了一篇答覆，是破口大罵，不知是否要引起禍災。但由你決定去。」胡風於同年 5 月 29 日覆信道：「關於答文，有幾點意見。（一）對於大師們的回敬，太鬥雞式的了。氣派不大。」信中提到的「大師們」指的是茅盾和侯外廬，黃藥眠當年還當不起胡風這樣稱呼。

近年來，關於「口述實錄資料」的不可靠性已引起研究界的嚴重關注，周著不幸又提供了一個實例。

五

周著述及北平《泥土》雜誌時，寫道：「《泥土》從第四輯開始，就由朱谷懷參與主辦，因為朱谷懷和胡風及其友人的特殊關係，自然得到了友人們的大力支持，《泥土》在稿件來源上大大擴展了，刊物的篇幅也增大了許多。擴大後的《泥土》，發表了阿壠的詩歌批評，路翎的小說和詩歌，還有冀汸、化鐵、羅洛、石懷池等人的詩歌……」（第 237 頁）

上述「石懷池」云云，沿襲自朱谷懷的回憶文章。

朱谷懷在回憶文章中寫道：「《泥土》從第四期起，篇幅便大了許多。我經手編了三期，畢業離校後就交給劉文（劉天文）和於承武等人繼續編下去。擴大後的《泥土》，發表了好些阿壠有關詩歌的批評論文，發表了路翎的一些小說和新詩，以及他用余林這個筆名寫的批評文章，全面地回答了香港友人的批評，十分引人注目。此外，《泥土》還發表了冀汸、羅洛、化鐵、石懷池等人的詩，在社會上引起不小的反響。〔註12〕」

據筆者所知，復旦學子石懷池（束衣人）早於 1945 年 7 月 20 日因渡船傾覆溺死於嘉陵江，而《泥土》雜誌遲於 1947 年 4 月 15 日創刊。換言之，石懷池不可能在《泥土》上發表詩歌，除非是「遺詩」。

筆者查閱了《泥土》雜誌，未找到署名「石懷池」的「遺詩」，只見到了署名「石池」的詩作《我思念——最後的為母親和故鄉寫下這首詩》（載《泥土》第 5 期，1948 年 3 月 15 日出版），詩作者在第 4 節「告別」中吟詠道：「那年十月。／悄悄地離開了曾經養育了我的／母親和黑石河奔流的聲音。／沒有祝福，沒有告辭，／揩去淚水，結束了少女的夢／——永遠地結束了那些

〔註12〕朱谷懷：《往事歷歷在眼前》，載曉風主編《我與胡風：胡風事件三十七人回憶》，第 641～642 頁，寧夏人民出版社 1993 年版。

蒼白色的夢影！」詩末還有附言，曰：「1947 年 10 月 3 日抄完。在江蘇的一條小河邊。」毫無疑問，此「石池」非彼「石懷池」。

朱谷懷回憶《泥土》當年事時，將「石池」寫作「石懷池」，可能只是筆誤；而周著不查原刊原文，遂將他人無心的錯誤擴大了。

……

類似的失誤在周著中還有許多，限於篇幅，不能一一列舉。

如果撰述者在立論前多下一點「實證」的工夫，把所引用的他人文章與原始報刊資料核對一下，是不是能減少類似訛誤頻發的機率呢。

這不是周揚的錯
——與楊學武先生商榷（未刊）

　　胡風和周揚都是現代史上的名人，他們的恩怨糾葛非常複雜，也格外引人注目。因而，就此二人關係寫文章、發議論更要特別謹慎，如果沒有細讀與之相關的史料，偏聽偏信，輕率落筆，往往會把所有的過錯都賴在周揚的頭上，以致歪曲了歷史的真實。楊學武的《胡風為何沒入黨？》（載《粵海風》2013年第2期，下簡為「楊文」）便是一個突出的例證。

　　楊文極力渲染胡風在「左聯」任職期間（1933年8月至1934年10月）為要求解決組織問題所受到的「阻力和挫折」，認為他從日本回國後「第一次」要求加入中共時便受到周揚的冷遇。其文稱：

　　　　胡風從日本回國後，很想將日共黨員關係轉為中共黨員。他回憶說：「據我所知，方翰、王達夫回國後都沒有能接上黨組織的關係。我在左聯時，向陽翰笙或周揚提出過這個問題，他們要我寫申請書，我遲疑著沒有寫。我考慮如恢復了關係，在馮雪峰（包括魯迅）和周揚等的矛盾中很難處。到馮雪峰進蘇區去了，我覺得這個矛盾可以克服了，就再提了一次。但他們這次沒有任何表示，我也就不好再提了。」胡風後來在「三十萬言書」中還特別明確地寫道：「我又向周揚同志提了一次組織問題，他當時的態度就等於拒絕了，後來也沒有回答我。」這是胡風第一次加入中共的機會，且是他主動的要求。他當時已是左聯的領導成員了，有了黨員身份，他就會如虎添翼，有助於更好地為黨工作。不料他第一次滿懷希望準備跨入黨

的大門，結果吃了周揚的「閉門羹」。

接著，楊文便批評道：「周揚當時是左聯黨團書記，批准入黨的權力掌控在他手裏，他對胡風要求入黨為何冷漠地『沒有任何表示』甚至無情地『拒絕了』呢？難道是胡風不夠入黨條件麼？」

要判定周揚是不是如此「冷漠」或「無情」，僅憑上面摘引的胡風片斷回憶是不夠的，還得有更多的史料以資佐證。首先，我們得弄清胡風在「左聯」期間曾幾次提出加入中共的要求，有關人士曾作何反應，胡風又曾如何應對。只有在這個基礎上，才能對相關歷史人物作出實事求是的評判。

據筆者所知，胡風在「左聯」任職期間至少三次提出該要求——

第一次，時在 1933 年 6 月，胡風在歸國後的當月即向周揚提出。據梅志《胡風傳》所述：「他（指胡風，筆者注）剛回國時，就曾向周提出黨的組織關係問題，周起應（即周揚，筆者注）開始很熱心，說他去向文總提提……〔註1〕」周揚當時與胡風的關係非常融洽，不僅陪著魯迅先生來看望，還力薦其出任「左聯」行政書記。他為何不能直接批准胡風入（轉）黨呢？蓋因當年「批准入（轉）黨的權力」在「文總」（中國左翼文化界總同盟），並不是楊文所說的「掌控」在周揚手裏。

第二次，時在同年 8 月，胡風直接向「文總」和「文委」（中共上海中央局文化工作委員會）書記陽翰笙提出該要求。據胡風回憶：「我擔任左聯領導職務後，曾向文委（左聯黨團的上級領導）負責人陽翰笙提出過加入中國共產黨的問題，但他並不熱心……〔註2〕」怎麼樣的「不熱心」呢？梅志在《胡風傳》中解釋道：「谷非（即胡風，筆者注）回國後曾向華漢（陽翰笙）談起過是日共黨員，可否轉過來。華漢的回答是，要再寫個申請。當時他想等方翰和王承志二人回來後再一同寫，就這樣擱下了。〔註3〕」由此可知，陽翰笙的「不熱心」只是讓他履行必要的手續而已，並未回絕其要求；胡風卻「想等」，等於放棄了這次機會。

第三次，時在 1933 年 12 月，馮雪峰奉調去蘇區後，胡風又向周揚提出。據其「萬言書」中所述：「他（指周揚，筆者注）當時的態度就等於拒絕了，後來也沒有回答我。」梅志在《胡風傳》中解釋了周揚對胡風的態度發生變化

〔註1〕梅志：《胡風傳》，北京十月文藝出版社 1998 年版，第 268 頁。
〔註2〕胡風：《關於左聯及與魯迅關係的若干回憶》，《胡風全集》第 7 卷第 11 頁。
〔註3〕梅志：《胡風傳》，第 280 頁。

的原因，她寫道：「雪峰走後，他（指胡風，筆者注）發現自己的處境起了一個大變化。原來，周起應一直把魯迅不聽指揮的原因歸之於雪峰。現在，漸漸又把原因歸到他身上來了。……（入黨）問題就這麼擱下了。〔註4〕」或許，周揚此時已視胡風為改善「左聯」與魯迅關係的障礙，於是不甚樂意再助其解決組織問題。然而，這並不是在「第一次」，而是在「第三次」。

接著還要探討一個更加重要的問題：周揚或陽翰笙為何不同意胡風直接「轉」黨，而要求他「再寫個申請」。

楊文似乎認為當年日共黨員可以直接轉為中共黨員，並不需要重新申請。為此他引證了吳奚如的一段回憶。其文曰：

> 吳奚如在《我所認識的胡風》中回憶道：「他（指胡風，筆者注）從一九三三年七月初回國不久，在丁玲被捕後繼茅盾擔任『左聯』書記，雖則他不是黨員（在日本曾加入日共，關係大概未轉來。和他同是日共黨員，同在東京被捕，同是被驅逐回國的何定華，卻一回國參加社聯就轉為中共黨員了）……」

於是，楊文便批評道：「由吳奚如的言外之意可以看出，他對胡風『不是黨員』是不解或不平的：與胡風有同樣經歷的何定華能轉為中共黨員，胡風為何不能？由此不能不使人感覺到周揚在胡風入黨的問題上，恐怕是有故意刁難之嫌……即便不是仗勢欺人，至少也是沒有一視同仁。」

要判定周揚或陽翰笙是不是如此無禮，僅憑揣測吳奚如的「言外之意」是不夠的，還得看看歷史當事人實際上是怎麼做的。

何定華（方翰）與胡風（張光人）、王承志（王達夫）曾同在日共的一個「中國人小組」，何為小組長。1934 年 3 月何定華和王承志亦被驅逐回國，何於當年 4 月即加入中共。1986 年他在一篇回憶文章中談到當年事，寫道：

> 我到上海，幾次同他（指胡風，筆者注）詳談被捕和坐牢的細節，也坦率交心對今後的打算。馬亞人（馬純古）要介紹我加入中共，徵求胡風的意見，並問胡風是否願意加入中共，胡風說將來由左聯決定。他贊成我加入中共。我寫了熱情洋溢的長篇申請書交給馬亞人，隨即勸說胡風也加入中共。他說，已同馬亞人談過。我又問王承志（馬亞人也問過）是否願意入黨，王搖頭，要先回漢口省親（他家在漢口開設油行及其他商店，是個不小的資本家），弄一筆

〔註4〕梅志：《胡風傳》，第 268 頁。

經費回上海。我是同年四月由上海文總許滌新同志通知，已經中共文委林伯修同志批准我入黨，沒有候補期，分配到新聯任常委，黨團成員，分管宣傳部，先後分工領導法南區，滬東區，以及滬西區，時間約一年另兩個月。〔註5〕

歷史的真實便是如此！「再寫個申請」當是轉黨時的正常手續，無關「刁難」，也無關「仗勢欺人」，而是「一視同仁」。套用楊文的表述方式：與胡風有同樣經歷的何定華能「再寫個申請」轉為中共黨員，胡風為何不能？

其實，胡風也能！當年他也曾考慮過「再寫個申請」，卻不料由於另一件事擾亂了心志。梅志在《胡風傳》中描述了當時的場景及胡風的心態變化，她寫道：

> （1934年6月初或5月底，周揚送家眷回湖南老家。）周起應走後，文總方面改由杜國庠與他（指胡風，筆者注）聯繫。他過去見過杜，也聽周說起過他，對他很尊重。這次為了工作關係去找他，感到杜為人誠懇，有長者風度。谷非就借機想問問恢復黨籍的手續問題。……（筆者略）就想問問他該怎樣寫這申請。
>
> 見到杜國庠後，還沒開口，杜就對谷非責怪起魯迅來了。說魯迅不該寫《答楊邨人公開信的公開信》這種文章，這使得他們無法做楊邨人的工作了。意思是責怪魯迅多事。這樣以容忍楊邨人的叛變行為來換取楊的友誼，想將他再拉回革命陣營的做法，實在是無原則，很使谷非吃驚。谷非不能不想到，楊邨人與杜本是太陽社的同仁，他們以老關係為重，反而責怪魯迅多事，還是小團體在作怪……這使谷非感到心寒，失卻了恢復黨籍的那份熱情了。〔註6〕

「太陽社」與魯迅的舊怨，不在本文探討範圍之內。筆者關注的是上引梅志回憶的最後一句「這使谷非感到心寒，失卻了恢復黨籍的那份熱情了」，換言之，前此陽翰笙提出的「再寫個申請」的要求，周揚的態度由「熱」而「冷」的變化，都未能挫傷胡風要求入（轉）黨的「熱情」，具有決定性意義的反倒是這一次，曾經心動而未能實行的這一次。

概而言之，楊先生如果在撰文前細讀過與之相關的全部史料（其實都是易

〔註5〕何定華：《胡風的青少年時期——回憶胡風之一》，載《湖北作家論叢》1987年第1輯，第52頁。
〔註6〕梅志：《胡風傳》，第280～281頁。

得易見的史料），則絕不會把胡風「第一次」要求入（轉）黨受挫的責任都賴在周揚頭上。

附帶說一句，楊文在述及建國初期「胡風與黨這種『若即若離』的關係」時，同樣由於沒有細讀與之相關的史料，對胡喬木等人存在著諸多誤解。限於篇幅，在此不贅。

2014 年

被遺忘了的交鋒 [註1]

讀曉風《書信和日記見證了樓適夷和胡風夫婦的深厚友誼》（載《新文學史料》2011 年第 2 期，以下簡為「曉風文」），感慨良多。

樓適夷是胡風為數不多的老朋友之一，早在 1932 年冬便與胡風結交，比聶紺弩晚一年，幾與馮雪峰同時。他還是胡風人生經歷中幾個重要時期的見證人：胡風在日本從事左翼文學運動時期（1932 年至 1933 年），樓曾受「上海臨時中央」的委派赴日本，通過胡風的關係找到日共中央，洽談「遠東泛太平洋反戰會議」籌備事宜，並受「文總」的委託調解胡風所在的「新興文化研究會」與另一留學生組織「社會科學研究會」的宗派糾紛；胡風在武漢創辦《七月》時期（1938 年），樓曾多次參與胡風以「七月社」名義組織的「座談會」，並與胡風分別擔任《新華日報》副刊「團結」和「星期文藝」的主編，關係一度相當密切；胡風對進步文壇進行「整肅」期間（1946 年至 1948 年），樓進行了積極的協助，在其主編的《時代日報》副刊「文化版」上大量刊發胡風及其友人的文章……

這份友誼確實無比的珍貴，足以為後世範；但若以為據此就足以使他們超然於上世紀政治化文壇上風風雨雨的侵蝕，從而在文藝思想上也始終保持無猜無忌的和諧狀態，那也不是對歷史的真實描述。

數年前，筆者在國家圖書館查閱 1948 年香港出版的《小說》月刊時 [註2]，

[註1] 載《新文學史料》2014 年第 3 期。

[註2] 《小說》月刊於 1948 年 7 月創刊於香港，刊物未設主編，由茅盾、巴人、葛琴、孟超、蔣牧良、周而復、以群、樓適夷任編委，由樓適夷具體負責編輯工作。《小說》月刊在香港出版了 2 卷（12 期），1949 年 10 月遷至上海繼續出版。

曾在該刊第 3 期（1948 年 9 月 1 日出版）讀到過樓適夷撰寫的一篇千餘字的短評《虛偽的幻象》，該文對路翎短篇小說《饑渴的兵士》小說進行了嚴厲的批評，其基調與胡繩年初發表的《評路翎的短篇小說》完全相同。顯然，樓適夷在當年那場由政黨文化人組織的對「胡風派」的公開批判中並沒有置身度外。

路翎的短篇小說《饑渴的兵士》載於《泥土》第 6 期（1948 年 7 月 20 日出版），該刊編者朱谷懷在「編後記」中進行了熱情的推薦，他寫道：

> 小說《饑渴的士兵》，描繪出一個受難者底活躍的形象，展開了一幅痛苦、飢餓、受難、追求、友愛、夢想……交織成的美麗的畫面。然而饑渴於人慾，友誼，鄉土和愛的兵士沈德根卻終於在遭受欺騙、壓迫、凌辱、輕蔑等等不幸的命運以後，在和他有著同樣命運的善良的「鄉人底沉重的寂靜中」，奉獻出了自己底生命。對於那些虛偽的浮淺的樂觀主義者，只會發號施令的自大將軍，拉到一塊老虎皮就以為能嚇唬一切的高士們，這大概不能不是有效的一擊或一有力的諷刺的吧。

末尾一句很突兀，頗具挑戰性。明眼人都看得出來，這是針對著年初胡繩對路翎短篇小說的批評而發的。

樓適夷的短評《虛偽的幻象》（以下簡為「樓文」）顯然有意回應《泥土》「編後記」的挑戰，該文起首兩段便寫道：

> 一個文藝工作者，假使他脫離了實際，脫離了群眾，則可能走的便只有兩條路：不是昂首於天外，馳騁其空虛的幻想，便是鑽進到自己的狹窄的內心世界裏去，鑄造一些主觀的形象，縱使披上了怎樣的外衣，也依然是自造的虛偽的幻象。《泥土》第六期中，在編後記裏鄭重介紹了的路翎的《饑渴的兵士》，我們可以看見後者的例子。

> 路翎的小說大半都披上工農兵的破破爛爛的外衣，而藏在外衣裏面的，卻常常是沒落的，絕望的小資產階級的悲苦的「幻美」的靈魂。《饑渴的兵士》也並沒有例外。

可以看得很清楚，樓文不僅沿襲著胡繩對路翎短篇小說的總體評價，也徹底否定了《泥土》「編後記」中對路翎這篇新作的推崇。

接著，樓文對路翎這篇新作中的人物性格、心理描寫和情節結構諸因素進行了深入的剖析，認為作者所展開的對小說人物「內在的精神的世界」的抉發，

所賦予小說人物的「自我分析與自我觀照」，及所加於小說人物的「感覺與思考」，都是游離於人物性格之外的「幻象」。並認為，在作者的筆下，這位「八年前死光了家人，一個人跑出來當兵，在隊伍裏飽受了拳頭，腳踢和鞭撻，一個幹什麼勤務都要出岔子的傻屌」的性格、行為和心理均缺乏階級依據，故而時而表現得「像一個受過高級教育的知識分子一樣」，時而表現得「像地主少爺懷念田園生活的牧歌情趣一樣」，時而「又像一向在溫室中成長的少爺哥兒似的嬌嫩了」。

最後，樓文總結道：「以為南京雨花臺畔連挑水人都有六朝人物風度，只是騷人墨客們心目中的幻象。路翎的兵士也只是離開實際，離開群眾的作者路翎心目中的幻象，在這幻象中展覽出作者自己精神的王國。這決不是《泥土》編者所謂活的形象，離開了自己的階級的感情與思想，人是不會活的！」

讀過樓適夷的這篇短評，再來讀相關史料，一些被歷史當事人有意掩蓋的細節便清晰地展現在眼前。

朱谷懷曾以「孔翔」為筆名，在《泥土》第 7 期（1948 年 11 月出版）上發表過反擊樓適夷短評的文章。關於該文的寫作，他回憶道：

> 他們（指胡風和路翎，筆者注）在杭州遊玩的時間不短（1948 年 10 月 2 日至 7 日，筆者注）。有時白天見他們在校長室和方然等人談天，當然談的多數是文壇上的情況。因為我要上課，而那些情況對我是陌生的，就沒有怎樣去留意。但我們曾在一起談論了《泥土》繼續出刊的問題，冀汸和羅洛繼續寫些詩去，胡風則要我寫篇文章去回答香港作家對路翎小說《饑渴的兵士》的批評。他說這篇小說是我經手發表在《泥土》上的，由我寫篇文章回答一下就可以了。他給我提了幾個要點，說寫好後給方然過過目，就早點寄去。以後我重讀了一次那篇小說和香港批評的文章，參照胡風的意見，寫了一篇，用孔翔這個筆名，寄給仍在北大的劉文，在《泥土》第七期上發表了。〔註3〕

毫無疑問，「香港作家對路翎小說《饑渴的兵士》的批評」，指的就是樓適夷的這篇短評《虛偽的幻象》。朱谷懷為什麼不直接點出樓適夷的名字呢？當然不是健忘，很可能是不願因翻檢歷史舊賬而給「樓適夷和胡風夫婦的深厚友

〔註3〕朱谷懷：《往事歷歷在眼前》，曉風主編《我與胡風：胡風事件三十七人回憶》，寧夏人民出版社 1993 年版，第 843～844 頁。

誼」蒙上一層陰影吧。而且，朱谷懷也沒有具體談到胡風當年給他指出的「幾個要點」，這也許是由於年久失記吧。

朱谷懷的反批評文章題為《關於〈饑渴的士兵〉》（以下簡為「朱文」），前半部分複述路翎該短篇小說的情節和人物性格，後半部分展開辯難。如下一段頗具鋒芒：

> 我們和公式主義的批評家底理解相反，並不認為人民大眾是只會想到「吃一頓飽飯，睡一個好覺之類」（適夷先生語）的簡單生物，也不認為除吃飯睡覺以外的一切，例如勞動的快樂，對土地對勞作物的感情，對共同勞動的伴侶的友誼與敬愛，對生活勞動的信心與希望等等，就只是可怕的「形而上學的抽象的虛幻的觀念」。恰好相反，我們認為那些美德那些健康的人性的素質是具體的，是被一定的社會物質基礎所決定的，而且只有人民大眾以及和人民大眾生死共命運的戰鬥者才能保有並繼續鞏固這些健康的素質。而統治者卻只有獸性的放縱。人民大眾底生活是最豐富最健康的，是這樣才有所謂向人民大眾生活深入和發掘以及向人民學習的問題，也才有「人民底力量是無限的」這一信心。統治者，剝削者，總要把人民看作只會「吃飯睡覺」的生物，因此從最高的最真實的意義上說，一切公式主義教條主義的作家與批評家，都直接間接地幫助了統治者，而歪曲了人民生活底真實。

朱文對「公式主義」的抨擊令人瞠目，「從最高的最真實的意義上說，一切公式主義教條主義的作家與批評家，都直接間接地幫助了統治者，而歪曲了人民生活底真實」云云，這裡有著明顯的胡風文藝思想的印痕；朱文對「和人民大眾生死共命運的戰鬥者」的謳歌同樣令人印象深刻，雖然這頭銜無論如何也套不到小說主人公的頭上，卻不能不令人聯想到胡風月前完稿的以「對於主觀公式主義和客觀主義的、粗略的再批判」為宗旨的《論現實主義的路》中對「戰鬥者」的激情頂禮。

最有深意的是朱文結尾的一段，其文曰：「一個在現實生活裡面取得了活的生命的人物形象，適夷先生卻偏要說是『虛偽的幻象』，這是由於根本不懂呢還是由於別的用心，那就只好請問適夷先生了，我想，我們是不願也不便下斷語的。」

樓適夷撰寫該短評「是由於根本不懂呢還是由於別的用心」？這也許是當

年胡風和朱谷懷心中最大的疑惑，也是我們很想弄清的問題。

樓適夷在回憶文章《記胡風》中曾詳細談到他在 1948 年那場由政黨文化人組織的批判浪潮中的所思所想所為，曉風文中援引了如下幾段：

> ……不知什麼緣故，對胡風文藝思想的論爭，又在香港重新燃起了火花，好像不見胡風發表什麼新理論，論爭還是重慶時代那一次繼續。叫做「論爭」，實際也是後來所說的「批判」。……在香港工委管文藝工作的邵荃麟同志把我叫去，告訴我：「全國快解放了，今後文藝界在黨領導下，團結一致，同心協力十分重要，可胡風還搞自己一套，跟大家格格不入，這回掀起對他文藝思想論爭，目的就是要團結他和我們共同鬥爭。你同胡風熟悉，你應該同他談談！」
>
> 這是一個重要使命，我當然是堅決執行，保證完成。我特地把胡風請到我九龍郊外的我的寓所裏，和他整整談了半夜。「左聯」後期工作中一些內部分歧，發展到「兩個口號」的論爭以至「左聯」的解散，我都不曾親身經歷，所知有限，但以為黨的抗日民族統一戰線的勝利，連整個抗日戰爭都打贏了，那些事情早已成為過去，文藝思想是學術思想上的問題，大家在黨的政治領導下，不會有解決不了的矛盾。這一晚的談話，大部分是我談得多，他說的少。我談得很懇切，很激動，他看著我一股真誠的樣子，只是微微地笑，很少答腔。看來我的話其實沒有觸到點子上，當然說服不了他，使命算是失敗了。……（省略處皆為曉風文中原有，筆者注）

接著，曉風便評價道：「從中我們看到，由於適夷不瞭解具體分歧何在，光有良好的願望，自然完成不了使命啦！」

筆者查核了樓適夷的這篇回憶文章，發現在「使命算是失敗了」之後的省略號內，原本還有更為重要的兩句話：「那時大家都得寫批胡風文藝思想的文章，一個刊物老催我，問我為什麼不寫。我就寫一篇短短的文學評論，批的是路翎的一篇什麼小說，內容已經忘記，說的倒不是違心話，我就是不大喜歡那個短篇，說了自己的看法，算是完成了一件任務。」勿庸置疑，樓適夷提到的「短短的文學評論」指的正是載於《小說》月刊的文章《虛偽的幻象》，他「就是不大喜歡（的）那個短篇」指的正是路翎的《饑渴的士兵》。不過，他在這篇短評中所表述的意見可不止於「那個短篇」，而是「路翎的小說（的）大半」哩。

　　考察還沒有結束。樓適夷既談到「那時大家都得寫批胡風文藝思想的文章」,「大家」指的是誰,給「大家」下達「任務」的又是誰呢?從樓適夷的回憶文章中可知,他當年的上級領導是「香港工委管文藝工作的邵荃麟同志」;又據《聶紺弩生平年表》1948年條,當年樓適夷與聶紺弩、張天翼、沈力群、孟超、樓適夷等「在同一黨小組參加活動」,黨小組長為以群;而《小說》月刊的主要負責人則是茅盾〔註4〕。

　　被樓適夷有意無意忽略的歷史細節由此逐漸明晰起來:香港工委負責人之一的邵荃麟曾號召在港的政黨文化人都來寫「批胡風文藝思想的文章」,以群所在的黨小組成員都曾參加了這次活動,《小說》月刊負責人茅盾曾多次向樓適夷催稿。樓適夷於是寫了這篇短評,雖說是「奉命」作文,但他以為所表達的意見並不「違心」。

　　1948年12月胡風來港後,曾與聶紺弩見面,交談中獲知「似乎是曾有人要聶寫文章批評他」〔註5〕;他也曾與樓適夷有過長談,不知是否追問過他撰寫《虛偽的幻象》的「用心」。畫家黃永玉當年住在樓適夷的隔壁,他在《比我老的老頭》一書中曾憶及胡、樓夜談的情景,寫道:「一天快吃晚飯的時候,胡風先生找適夷先生來了。適夷夫人黃福煒在新四軍還在什麼解放區當過法官,人很善良精明,可是她不會做菜,還向我愛人『借』了兩個菜請這位貴客。胡、樓二位先生就這麼一直談到三更半夜,其中樓先生又敲門來『借』點心。可惜我當時不懂事,聽不懂他們談的什麼內容,只覺得胡先生中氣十足,情緒激憤。樓先生是個厚道人,不斷說些安慰調解的話。」

　　這次長談對樓適夷其後一段時間的評論寫作發生過影響。

　　翌年初,樓適夷作《一九四八年小說創作鳥瞰》(載《小說》月刊第2卷第2期,1949年2月出版),文中批評了許多作家作品,也表彰了許多作家作品,惟獨不涉及「胡風派」的作家作品。當然,他不是疏忽,而是有意擱置。在該文的「附記」中他特地寫道:「在限定的時間和限定的篇幅中,有許多應該提到的重要的作品和重要的事實都不及一一提到:其中如一部分新出版的單行本,《泥土》、《螞蟻》、《文藝生活》等刊物及許多地方出版物……」《泥土》和《螞蟻》都是公認的「胡風派」刊物,路翎在這兩個刊物上發表過不少小說作品。樓適夷將其擱置不論,是組織的意思還是他自己的意思呢!

〔註4〕《聶紺弩全集》第10卷,第403～404頁。
〔註5〕梅志:《胡風傳》,第547頁。

附件（筆者略去）：

一、樓適夷《虛偽的幻象》，原載 1948 年 7 月《小說》月刊第 3 期

二、朱谷懷《關於〈饑渴的士兵〉》，原載 1948 年 11 月《泥土》第 7 期

再談「史實辯正」
——覆葉德浴先生（未刊）

七年前（2007年），筆者偶然在《粵海風》第3期上讀到葉德浴先生的《友誼的裂變和友誼的回歸》（下略為《友誼》），因感於其文對胡風與馮雪峰交往歷史的描述頗多失實之處，遂作《胡風、馮雪峰交往史實辯正——關於葉德浴友誼的裂變和友誼的回歸》（下略為《辯正》）以正之，文中僅擇要剖析了其文對若干重大史實所作的隨心所欲的解讀，並未涉及其人在治史方法上的重大缺陷。承蒙編輯先生不棄，拙文載於《粵海風》第5期。其後若干年，未見葉先生申辯，竊以為對方有「知錯能改」的度量。

七年後（2014年），筆者竟不意在《粵海風》第4期上發現了葉先生姍姍來遲的申辯文《就「史實辯正」再答吳永平先生》（下略為《再答》）。題目有點搞笑，沒有「一答」，何來「再答」；自述寫作緣由則跡近惡搞，稱：「不久前，吳先生出版了一個集子，在刊物上登出廣告，挑明，集子裏收有《胡風、馮雪峰交往史實辯正——關於葉德浴友誼的裂變和友誼的回歸》一文，再一次向我叫號。我覺得有必要對吳先生的《辯正》作些辯正……」筆者自知，「不久前」未曾出版過「集子」，更未曾「登出廣告」。葉先生的「叫號」好無來由！

但，不管怎麼說，葉先生能交出申辯文總是一件好事，至少可以讓讀者知曉，七年的時間能讓一個不諳「史實辯正」的寫手在錯誤的道路上再走多遠。

葉先生在《再答》文中就六個問題進行了申辯，筆者錄其原題，依次答覆如下：

第一個問題：新中國成立前，胡、馮兩位是否可以稱得上是並肩作戰患難與共的戰友

葉先生在《友誼》中判定：胡、馮兩位是「在解放前的黑暗歲月裏並肩作戰患難與共的親密戰友」。

筆者在《辯正》中表示對葉文的判斷不敢苟同，提出胡馮關係在「30 年代若干年」並不能作如是觀。1937 年「七七事變」前後兩人關係已出現裂痕，佐證是胡風 1937 年 7 月 29 日家書，信中寫道：「離開上海之前，馮政客和我談話時，說我底地位太高了云云。這真是放他媽底屁，我只是憑我底勞力換得一點酬報，比較他們拿冤枉錢，吹牛拍馬地造私人勢力，不曉得到底是哪一面有罪。」還指出「八·一三」淞滬抗戰爆發後胡馮的關係已形破裂，佐證是胡風 8 月 28 日的家書，信中寫道：「三花臉先生愈逼愈緊，想封鎖得我沒有發表文章的地方，但他卻不能做到。我已開始向他反攻了⋯⋯很明顯，他是在趁火殺人打劫的。」

葉先生在《再答》中對筆者提供的上述佐證進行了另樣的解讀。認為胡風 1937 年 7 月 29 日家書中「把馮雪峰稱之為『政客』，是因為他在 7 月初曾參加中共同南京政府談判的代表團，『拿冤枉錢，吹牛拍馬地造私人勢力』，顯然指正在南京同國民黨談判的博古們。這個很偏激的情緒化的評語，顯然是馮雪峰同博古鬧翻之後灌輸給他的。現在用來諷刺馮雪峰，一時的氣話，當不得真的」；還提出胡風 8 月 28 日家書「談到馮雪峰封鎖胡風發表文章，指的是胡風寫文章澄清一些有關茅盾的情況，馮雪峰怕得罪茅盾，不讓他發表」。

按照「誰主張誰舉證」的證據規則，葉先生應該為其「新見」提供新的史料依據：馮雪峰當年對「博古們」的「評語」（「拿冤枉錢，吹牛拍馬地造私人勢力」）出處何在？馮雪峰將國共兩黨南京談判的內情「灌輸」給胡風的佐證何在？胡風在「八·一三」抗戰爆發後仍撰文批茅盾的史料何在？馮雪峰阻撓胡風發表批茅盾文的證據何在？如不能提供，則為「杜撰」，犯了歷史研究者的大忌。

筆者在《史實辯正》中還提出，胡馮關係在「40 年代若干年」也不應作如是觀。1945 年兩人在《論主觀》問題上存在分歧，佐證是胡風參加南方局文委討論會後寫給《論主觀》作者舒蕪的信，信中稱：「當天下車後即參加一個幾個人的談話會的後半會。抬頭的市儈首先向《主觀》開炮，說作者是賣野人頭，抬腳的作家接上，胡說幾句，蔡某想接上，但語不成聲而止。也有辯解

的人，但也不過用心是好的，但論點甚危險之類。」筆者指出，信中「辯解的人」指的就是馮雪峰，馮雖有意為舒蕪辯解，但胡風卻不領情，因為「用心是好的，但論點甚危險」云云，所表達的正是中共南方局文委對胡風其人其文的初步結論。還提出，1948 年「滬港論戰」時期胡、馮關係也難稱「並肩作戰」，馮雖對胡有所同情，但仍未能無所顧忌地支持他。

葉先生在《再答》中卻認為筆者對胡風致舒蕪信的解讀有誤，提出「胡風稱馮雪峰為『辯解的人』，感佩之情溢於言表」，並稱 1946 年馮雪峰在長篇論文《論民主革命的文藝運動》中還「用了 3000 字旗幟鮮明地為胡風的文藝理論和路翎的作品辯護」。

筆者認為，葉先生的如上申辯缺乏客觀依據。請細讀「也有……但也不過……但……之類」這段文字，哪裏讀得出什麼「感佩之情」，分明是嘲諷其對南方局文委結論的亦步亦趨。至於馮的《論民主革命的文藝運動》，也沒有半點「旗幟鮮明地……辯護」的意味。請看馮文中對「所謂主觀力或熱情的要求，以及所謂『向精神的突擊』或『自然力的追求』等問題」的辯證分析：「這些情況，主要的應看作對於革命的接近和要求，而反映到文藝和文藝運動的要求上來是非常好的，也正為我們文藝所希望的。自然，單是熱情，單是『向精神的突擊』，在我們，是還萬萬不夠的，還不能成為真實戰鬥的文藝。並且那裡面也自然會夾雜著非常不純的東西，例如個人主義的殘餘及其他的小資產階級性的東西。……我想，倘若我們不進而將問題加以社會的、本質的究明，從整個運動中引它向人民的革命的路上發展，那自然也可能成為錯誤或所謂危險的傾向。」（《雪峰文集》第 2 卷，人民文學出版社 1983 年版，第 151～153 頁）這不是對胡風其人其文「用心是好的，但論點甚危險之類」基本評價的更進一步的闡釋麼？

非僅如此，馮還對胡風思想的「詩性」特徵進行了堪稱透底的批評，其文曰：「對於從作家或詩人的口，用了文藝的詩的表現方法說出來的話，不要太當作科學的理論去看；倘若當作科學的理論看是隨處可找出錯誤或傾向來，但作為他們的心情的表白看，就可看出一些積極的意義，同時也可以更本質地看出一些不健康的東西，這些不健康的東西是我們要設法糾正的。」（《雪峰文集》第 2 卷第 153～154 頁）

概而言之，馮雪峰對胡風其人其文的看法：「用心是好的，但論點甚危險」──肯定胡風的政治立場，質疑胡風的文藝思想──終其生未有改變。

**第二個問題:「撤稿風波」和「詩的案件」這兩個公案究竟哪一個發生
在前哪一個發生在後,究竟是誰犯了「前後倒置」的錯誤**

葉先生在《友誼》中判定建國後胡、馮矛盾先後起於「撤稿風波」和「詩
的案件」。所謂「撤稿風波」,葉文僅引證了唐弢 1983 年的發言以證實馮雪峰
當年同意撤換過「記不起一篇什麼文章」,至於被「撤稿」的篇名、作者、刊
期、時間,則未進行考證。

筆者在《辯正》對葉文提出異議,認為:「葉文肯定地指出建國後胡、馮
矛盾先後起於『撤稿風波』和『詩的案件』,就應該提供更多的實證材料。遺
憾的是,葉文不僅沒有說清這兩樁歷史公案的來龍去脈,而且令人不解地將這
兩個公案發生時間前後倒置,當是未及細讀、考辨已有史料的結果。」接著,
筆者提出:「所謂『撤稿風波』發生在 1951 年 7 月,所撤稿件是羅石(張中
曉)的一篇反批評文章,該文為反駁蕭岱(時任上海文聯副秘書長)的批評文
章而作,這是張中曉繼《〈武訓傳〉‧文藝‧文藝批評》和《為了前進——答劉
宗詒先生的『不要使問題混亂』》(兩文皆載於《文學界》)之後的第三篇為『批
判《武訓傳》運動』推波助瀾的文章。」筆者認為「無論以當年的或今天的認
知水平來看,唐弢對該文的處理毋寧說是對張中曉的愛護,馮雪峰的決定則間
接地阻止了胡風的青年朋友在政治化的道路上越走越遠」。

葉先生在《再答》中試圖彌補《友誼》中「考證」缺席的弊端,惜力有未
逮。他提出一個「新見」,稱:「《文學界》那時是每週星期二出。第 16 期是 4
月 21 日出的,按理 17 期應該在 4 月 28 日出,但這一天卻沒出《文學界》,代
之以《美術副刊》。這反映了編輯部內發生了『撤稿風波』。事情應當是這樣的,
在馮雪峰的授意下,唐弢以太上主編的身份,不顧梅林反對,要把已經上版的
一篇文章撤下。梅林同馮雪峰、唐弢進行了激烈鬥爭,17 期的出刊不得不延
期了。」

筆者以為,按照「誰主張誰舉證」的證據規則,葉先生至少應該提供《文
學界》第 17 期被「撤」的「已經上版的一篇文章」的篇名和作者,提供馮雪
峰「授意」的具體內容,提供梅、馮、唐「激烈鬥爭」的詳情……。而「按理」、
「事情應當是這樣的」之類的用語,不應該出自具有「史實辯正」基本常識的
研究者的筆下。

葉先生在《再答》中為論證「撤稿風波」和「詩的案件」的時序問題,還
引用了唐弢作於 1955 年的《我所接觸的胡風及其骨幹份子的反革命活動》的

兩大段，可惜的是「接著」（葉文為黑體）之前無一字涉及「撤稿」事，「接著」之後卻被略去了「到電影武訓傳批判展開後」的更為重要的一段，張中曉被「撤稿」事於是被有意掩蓋了。有意釐清「撤稿」事的讀者可細讀張中曉《無夢樓全集》中致梅志的三封信（該書第 85～88 頁），當可有所發現。

附帶提一句，胡風同人（張中曉、耿庸、阿壟等）在批《武訓傳》運動中表現得異常積極，而這些史實恰恰被某些樂於將胡風同人置於「異端」的寫手們有意地忽略了。

第三個問題：我（葉先生）是否「輕率地將馮著《回憶魯迅》第三章定義為『1952 年的迷霧』，生造出一個胡馮交往過程中並未發生過的衝突」

葉先生在《友誼》中稱：「造成（胡馮）雙方關係進一步惡化，友誼終於走到盡頭的，是 1952 年初馮雪峰的《回憶魯迅》第三章的發表。……（筆者略）1952 年 2 月 16 日出版的《新觀察》該年第 4 期發表的《回憶魯迅》，寫到 1936 年馮雪峰從陝北來到上海後同魯迅接觸的情況，寫到當時上海進步文藝界不團結的現象，有關部分竟冒出許多匪夷所思的怪論。最離奇的是談到所謂『宗派主義』的幾段……（筆者略）」並斷言：「胡風看到馮雪峰的這篇文章，對馮雪峰看法自然不能不進一步惡化。」

筆者在《辯正》中提出質疑，認為馮雪峰指出 1936 年「兩個口號論爭」的雙方都有宗派主義情緒是比較客觀的，並不是什麼「匪夷所思的怪論」。馮說較之胡風認定「國防文學」口號是「階級投降主義」、周揚批評「國防文學的反對論者……不瞭解民族革命統一戰線的重要意義」，應算是持平之論。換言之，不強調所謂「路線鬥爭」而著眼於左翼內部的「宗派情緒」來審視當年的這場論爭，這是馮說的高明處，也為大多數現代文學研究者所接受。筆者且認為胡風當年並未表現出對馮著《回憶魯迅》有「特別的義憤」，晚年甚至對馮反宗派主義的言論讚頌有加，稱：「要強調他（指馮雪峰，筆者注）的反宗派主義，愛惜文藝新生力量的品德，特別是和那些宗派主義的棍子王倫們比較起來。」（1979 年 9 月 13 日胡風致樓適夷信）

葉先生在《再答》中仍固持己見，他從《胡風家書》找出一封信（1952 年 8 月 3 日），引用了如下一段：「前天晚上，三花約到他家去吃晚飯，客氣得很，比上次口氣軟得多了。但又件件事推脫責任，推給宣傳部，連報上那封讀者信底內容也說記不清了。就是這麼一個卑怯的東西！（中略）說到正在發表的『大

文』，連忙說，那和你沒有關係！就是這麼一個卑怯的東西！」接著便斷言道「正在發表的『大文』就是指正在《新觀察》連載的《回憶魯迅》」，並自信滿滿地誇耀道：「我寫《友誼》的時候，《胡風家書》還未出版，現在有了《胡風家書》，完全可以證明我的論述的絕對正確。」

「絕對正確「嗎？筆者不禁啞然失笑，缺乏「史實辯正」基本訓練的人，真的是不知「細讀」和「考辨」為何物，明明白白的一則史料，硬是被他曲解成了另一番模樣。

請注意信中「正在發表」四字。馮雪峰的《回憶魯迅》早於半年前連載完畢，8 月已由人民文學出版社出版單行本，這還能說「正在發表」嗎？而馮雪峰的長篇論文《中國文學中從古典現實主義到社會主義現實主義的發展的一個輪廓》，卻正在《文藝報》連載，第一部分載於該刊 14 號（1952 年 7 月 25 日），第二、三部分將載於該刊 15 號和 17 號（8 月 10 日和 9 月 10 日），恰恰可稱得上是「正在發表」。筆者查閱了該文的第一部分，確實與胡風文藝思想「沒有關係」。

葉先生張冠李戴，不是「生造出一個胡馮交往過程並未發生過的衝突」，又是什麼？

第四個問題：胡風 1952 年 5 月 4 日給周恩來的信，是否控訴周揚的

葉先生在《友誼》中稱：由於「1952 年 4 月初出版的《文藝報通訊員內部通訊》上，發表了兩篇批判胡風文藝思想的『讀者來信』」，胡風對馮雪峰的態度便發生了「惡化」，將其視為「嚴重的事件」，曾寫信給毛澤東、周恩來反映，「後來寫給毛澤東的信未發，只發了給周恩來的一封」。

筆者在《辯正》中提出質疑，認為：胡風於 1952 年 5 月 4 日寄出了給兩位領袖的信，給毛的信是附在給周的信中一道寄出的。周恩來同年 7 月 27 日給胡風覆信中寫得非常清楚：「你致毛主席的信我已轉去。」還認為，胡風給兩位領袖的信，控訴的並不是馮雪峰，而是周揚。佐證是周揚於同年 7 月 23 日給周恩來的信，信中也寫得很清楚：「翰笙同志把胡風寫給您和主席的信，給我看了。信中提到我在上海和他的談話。我感覺他似乎故意將我的話曲解（也許是因為他的神經質的敏感的緣故），把理論上的原則爭論庸俗地理解為無原則的人事問題。」

葉先生在《再答》中仍堅稱「（胡風）5 月 4 日將給周恩來的信發出，給毛澤東的信不發」，並杜撰了這樣一則「史料」，稱：「1952 年，決策中樞決定

對胡風的文藝思想進行徹底清算，7 月 19 日，他們把胡風從上海召到北京，要他準備檢查，胡風想不通，寫信給毛澤東……（筆者略）這封控告周揚的信是請周恩來轉的，因而胡風也給周恩來寫了一封請託的信。這是應有的禮貌，但也含有向周恩來控訴周揚的意思，陽翰笙給周揚看的周恩來和毛澤東的兩封信，就是這兩封。」

直言之，葉先生《再答》文稱胡風當年 5 月 4 日「給毛澤東的信不發」，需要有足夠的勇氣；而杜撰胡風於當年 7 月 19 日抵京後又「寫信給毛澤東」，則需要有天大的膽量。

先請看筆者對胡風當年 5 月 4 日曾寄出給毛澤東信的論證──

論據一：胡風當年 5 月 11 日在給路翎的信中寫道：「還有一傳說：主席看過《路》，說，提法對，結論也對，分析有錯誤云。根據這，我去了信，並把《通報》內容摘要寄去。要求見面，要求在領導下工作，並給主席信，要求直接得到指示。並提出，我如果討論起來，是否又犯了黨的作家們。看有無回信，如何回信。遲不回信時，再考慮。（對言君，不必詳說，只說去了信就是。但可與道兄一談。）」

細讀該信，可獲得許多信息：胡風給兩位領袖去信的外因（「一傳說」），胡風給周恩來信的主要內容（「要求見面，要求在領導下工作」），給毛澤東信的主要內容（「要求直接得到指示」），兩信寄出事不可隨便告人……等等。不知某些熱衷於編撰「胡風為何不投降」之類文字的寫手們讀到此信後會不會驚掉眼鏡？！

論證二：1954 年胡風在「萬言書」中承認 1952 年 4 月末給兩位領袖寫信事：「在上海和我談話中，周揚同志斥責我是『抽象地看黨』，嚴屬地斥責我是個人英雄主義，說我把黨員作家批評『盡』了，但又指責我和重慶的『才子集團』（指喬冠華等同志）的親密關係。不過，他的意思是說回北京商量一下，或者約我到北京談一談……（筆者略）周揚同志走後，彭冰山同志覺得這樣下去不好，提議叫我寫信給毛主席和周總理報告請示。我考慮了兩天，雖然心裏總感到不安，但覺得《文藝報》那種做法要引起浪費和混亂，就貿然地寫了信。」（《胡風全集》第 6 卷第 122 頁至 123 頁）

細讀該段文字，也可獲得許多信息：鼓動其給兩位領袖去信的人（彭柏山），信中的主要內容（對周揚及《文藝報》的強烈不滿），寫信時的心情（貿然）……等等。不知葉先生讀到這則史料時有何想法，是否會辯稱「貿然地寫

了信」並不等於「貿然地寄了信」呢？

順便提一句，葉先生在《再答》中稱胡風 7 月 19 日抵京後又「寫信給毛澤東」事，未見之於任何典籍，實屬偽造重大史實。很難想像，一個連易見史料（周恩來覆胡風信）都要「曉風同志提供」的寫手，會遵守歷史研究者的道德規範。

第五個問題：我（葉先生）在《友誼》中說「夏衍更作出令人震驚的把馮雪峰和胡風捆在一起打的「爆炸性發言」，是否對中心論題理解錯誤

葉先生在《友誼》中稱：「1957 年夏天，在反右鬥爭批判所謂『丁陳反黨集團』的狂潮中，馮雪峰終於被『揪』了出來。在 8 月 14 日的大會上，夏衍更作出令人震驚的把馮雪峰和胡風捆在一起打的『爆炸性發言』」。

筆者在《辯正》中提出質疑，認為：夏衍當年的「爆發性發言」之所以引起與會人士的震驚，主要原因並不在於他在發言中提到人所共知的馮雪峰與胡風的關係，而在於他「所講述的內容，是大多數與會者聞所未聞的」；其中心論題也不是關於「馮雪峰與胡風的勾結」，據馮雪峰自述，而是以揭發他「在三六年怎樣進行『分裂活動』以及『打擊』、『陷害』和『摧毀』當時上海地下黨組織等等為中心」；其發言的焦點並不在「國防文學」與「民族革命戰爭的大眾文學」的是非，而在馮起草、魯迅修改的《答徐懋庸並關於抗日統一戰線問題》中關於「四條漢子」及「我甚至懷疑過他們是否係敵人所派遣」等語對周揚、夏衍等的「政治陷害」。

葉先生在《再答》中未正面回答筆者的質疑，只是巧辯道：「我寫《友誼》，寫的是馮胡二人的交往史，理所當然地要抓住這條主線做文章，談到夏衍的『爆炸性發言』，自然也要突出發言中把兩個人捆在一起打的內容。」並在「主線」與「中心論題」問題上喋喋不休。

直言之，在撰寫史論文章時為了先驗的「主線」而曲解史料，這不是史家應有的態度。

第六個問題：馮雪峰的《有關 1936 年周揚等人的行動以及魯迅提出「民族革命戰爭的大眾文學」口號的經過》一文是否對周揚有利，甚至可以看到其中「友誼的信息」

葉先生在《友誼》中認為，馮雪峰作於「文革」期間的《有關 1936 年周揚等人的行動以及魯迅提出「民族革命戰爭的大眾文學」口號的經過》一文向

胡風傳遞了「回歸友誼的信息」。

筆者在《辯正》中提出異議，認為馮文在涉及胡風時並未向對方傳遞「回歸友誼的信息」，理由之一是：馮文是作於「文革」高壓時期（寫於 1966 年，改於 1972 年）的一份「交代材料」，文中指胡風為「當時尚未發覺的暗藏的反革命分子」，便是時代的印痕。胡風絕不會接受這樣的提法。筆者還認為：周揚卻認為馮文「比較公道」。1979 年 5 月 1 日他在覆樓適夷的信中寫道：「他（指馮雪峰，筆者注）沒有乘『四人幫』惡毒誹謗我的時機，對我落井下石，把一切錯誤和責任都推到我身上，雖然，他在當時的情況下，也說了一些所謂『揭發』我的話，其中也有傳聞不實之詞，但並不是存心誣陷我。我覺得他還是比較公道的。」

葉先生在《再答》中仍不以為然，他摘引了馮文中好幾段對周揚的批評，接著便痛斥道：「哪有半點『有利』的影子？哪有半點『友誼的信息』的影子！吳先生太熱衷於追求『語不驚人死不休』的轟動效應了！」

但是，且慢！周揚認為馮文寫得「比較公道」自有他的理由，謂予不信，請讀馮文的最後一段：

> 周揚、夏衍等提出國防文學主張，係依據巴黎出版的《救國時報》和莫斯科出版的英文版《國際通訊》上的王明的文章，他們還用王明的觀點來歪曲毛主席提出的抗日民族統一戰線政策，這都是十分明顯的。夏衍、陳荒煤等自己在一九五七年作協黨組擴大會上也還說過，他們當時是根據王明的文章和季米特洛夫的一個報告的。但在一九三六年時，我沒有發現周揚、夏衍等人同王明有什麼組織上的聯繫；現在也回想不起可供追查的線索——這當然是就我所知道的範圍說的。

王明的文章（指 1935 年 8 月 1 日以中華蘇維埃中央政府、中共中央的名義在莫斯科發表的《為抗日救國告全體同胞書》，即著名的《八一宣言》）應該如何評價，超出了本文的論述範圍；馮文稱周揚等當年只受到王明思想的影響但並無組織上的聯繫，卻使整人者無從下手，的確是非常「公道」。

說來也巧，這兩位文壇長者晚年時還真的有過一次面對面交流「友誼的信息」的機會。據榮天璵《錦雞互贈美麗的羽毛——周揚與馮雪峰》（載《新文學史料》2003 年 2 期）述：1975 年 7 月周揚走出秦城監獄後，聽說馮雪峰得了重病，便立即前去看望，「向他表示問候和歉疚之情」，雙方都作了自我批評，

「兩雙昔日被認為是『對頭』的手緊緊地握在一起」。會見之後,「馮雪峰用慣用的寓言體,寫下他最後的絕唱:《錦雞與麻雀》,記敘兩人最後的相會與釋嫌」:

> 有一隻錦雞到另一隻錦雞那兒作客。當他們分別的時候,兩隻錦雞都從自己身上拔下一根最美麗的羽毛贈給對方,以作紀念。這情景當時給一群麻雀看見了,他們加以譏笑說:「這不是完完全全的相互標榜麼?」
>
> 「不,麻雀們。」我不禁要說,「你們全錯了。他們無論怎樣總是錦雞,總是漂亮的鳥類,他們的羽毛確實是絢爛的,而你們是什麼呢,灰溜溜的麻雀?」

造化弄人,箕豆相煎,歷史的恩怨如此沉重,文學前輩們都放下了,我們又有什麼理由放不下呢。

知錯而不能改,甚而用一個錯誤去掩蓋另一個錯誤,只會讓自己錯得不可收拾。

2014/9/5